Timothy von der Insel

Theodore Taylor

Timothy von der Insel

Deutsch von
Thomas A. Merk

Verlag Sauerländer
Aarau · Frankfurt am Main · Salzburg

Theodore Taylor
Timothy von der Insel

Deutsch von Thomas Merk
Umschlagbild von Hanno Rink

Published by arrangement with Harcourt Brace & Company
(Titel der amerikanischen Originalausgabe: *Timothy of the Cay*)

First published by Harcourt Brace & Company, San Diego

Printed in Germany

ISBN 3-7941-4087-7
Bestellnummer 01 04087

Die Deutsche Bibliothek – CIP-Einheitsaufnahme

Taylor, Theodore:
Timothy von der Insel / Theodore Taylor.
Dt. von Thomas Merk. –
Aarau; Frankfurt am Main; Salzburg: Sauerländer, 1996
Einheitssacht.: Timothy of the cay <dt.>
ISBN 3-7941-4087-7

Für Caitlin Carroll

meine wunderbare, schöne,
aufmüpfige Enkelin

1

USS Sedgewick

August 1942. Das Marinekommando in der Karibik erhält einen dringenden Funkspruch von der *USS Sedgewick:*

12-JÄHRIGEN JUNGEN PHILLIP ENRIGHT MIT KATZE VON INSEL GERETTET •••••• INSEL NICHT AUF SEEKARTE VERZEICHNET •••••• JUNGE UND KATZE OFFENBAR WOHLAUF •••••• SIND ÜBERLEBENDE VON SS HATO •••••• SCHIFF WURDE IM APRIL DIESES JAHRES DURCH TORPEDOTREFFER VERSENKT •••••• LAUFEN CRISTOBAL AN ••••••

Der Zerstörer steuerte mit Volldampf Panama an. Die Turbinen heulten auf, und der Rumpf glitt ohne zu stampfen über das glatte Meer. Bei dieser Geschwindigkeit konnten die deutschen U-Boote, die diese Gewässer unsicher machten, dem Schiff nichts anhaben.

Unten im Schiffslazarett hockte ich auf einem kalten Metalltisch und ließ mich vom Arzt untersuchen. Er maß meine Temperatur, schaute mir in Mund und Ohren und prüfte meinen Blutdruck.
Ich sagte ihm, daß es mir gutging.
Als mich das Beiboot an Bord des Zerstörers gebracht hatte, war ich splitternackt gewesen. Timothys Messer mit dem hölzernen Griff war das einzige, was ich außer Stew, der Katze, von der Insel mitgenommen hatte.
Der Arzt hatte sich mir als Lieutenant Robert Heath vorgestellt und

konnte nicht glauben, daß ich als Blinder es geschafft hatte, ganz allein fast zwei Monate auf diesem gottverlassenen Fleckchen Sand im Devils Mouth, einer großen Untiefe, die von fast allen Schiffen gemieden wurde, zu überleben.

»Timothy hat mir alles beigebracht, was ich zum Überleben brauchte«, sagte ich. Ich verdankte ihm mein Leben.

»Wer war denn dieser Timothy?« fragte Dr. Heath.

Ich spürte eine kalte Metallscheibe an meiner Brust. Der Arzt hörte mein Herz ab. Stew schnurrte auf meinem Schoß.

»Er war ein alter Schwarzer von der Insel Saint Thomas.«

Aber er war viel mehr als das. Bis heute war er mein Schutzengel, der mir in jeder Gefahr beistand und mich daran hinderte, Fehler zu machen. Obwohl er tot war, sprach er in meiner Dunkelheit noch immer zu mir.

Erst gestern, als das Marineflugzeug sich nach dem Überfliegen der Insel mit dem Geräusch einer langsam sterbenden Biene wieder entfernt hatte und ich ganz verzweifelt gewesen war, hatte Timothy zu mir gesagt: »Mach dir keine Sorgen, Phillip, der kommt zurück.« Ich hatte ihn ganz genau gehört.

»Aha, von St. Thomas.«

Ich drehte meinen Kopf in die Richtung, aus der Dr. Heaths Stimme kam. Sie klang ziemlich jung. »Ja. Als unser Schiff sank, hat Timothy mich aus dem Wasser gezogen. Und dann ist noch Stew, der Kater, auf unser Floß geklettert. Einfach so, als wäre es das seine. Timothy war gar nicht so glücklich darüber.«

Ich mußte lachen, denn ich erinnerte mich daran, wie Timothy manchmal von dem »grausigen Katzenvieh« geredet hatte.

»Wie lange bist du denn auf der Insel gewesen?«

»Von irgendwann im April bis heute.« Das waren fünf Monate, dachte ich, denn heute war der 22. August 1942, wie mir die Matrosen gesagt hatten. Und es war noch immer Krieg. Nach meiner selbstgebastelten »Zeitdose«, in die ich jeden Tag einen kleinen Stein oder ein Stück Muschel geworfen hatte, hatte ich siebenundvierzig Tage allein auf der Sandbank zugebracht.

»Wie ist Timothy denn gestorben?«
»Bei einem Hurrikan. Er hat mich mit seinem Körper geschützt. Der Sturm und die herumfliegenden Sachen haben ihn getötet.«
»Das war bestimmt sehr traurig für dich«, sagte Dr. Heath mitfühlend.
Er hatte recht. Es *war* traurig.
»Wovon hast du dich denn ernährt?« fragte Dr. Heath und fügte an: »Leg dich jetzt bitte auf den Rücken.«
»Ach, von Fischen, Langusten, Kokosnüssen, Seetrauben ...«
Dr. Heath brummte anerkennend und lachte. »Nicht die schlechteste Diät. Recht gesund.«
Dann tastete er meinen Bauch ab und sagte, ich solle husten. »Warst du schon blind, bevor euer Schiff torpediert wurde?«
»Nein. Beim Untergang der *Hato* fiel ich aus einem Rettungsboot, und dabei muß mich irgend etwas am Kopf getroffen haben. Blind wurde ich erst ein paar Tage später, als ich mit Timothy auf dem Floß war.«
Er brummte wieder.
»Werde ich jemals wieder sehen können?« fragte ich.
»Darüber mußt du mit einem Augenarzt reden, aber Hoffnung besteht immer. Möglicherweise mußt du dich einer Operation unterziehen.« Er machte eine kurze Pause, dann sagte er: »Eines kann ich mir einfach nicht so recht vorstellen, Phillip ...«
»Was denn?«
»Wie du es zwei Monate lang ohne den alten Mann geschafft hast, auf der Insel zu überleben. Wie hast du dir zum Beispiel deine Nahrung beschafft, ohne etwas zu sehen?«
»Timothy hat mir Angeln gemacht und sie vor dem Sturm an eine Palme gebunden. Er hat alles so eingerichtet, daß ich auch ohne ihn überleben konnte. Das hat er ganz bewußt so geplant. Außerdem kannte ich natürlich die Insel mindestens so gut wie unser Haus daheim in Curaçao. Und so habe ich, nachdem ich Timothy begraben hatte, unsere Hütte wiederaufgebaut und jeden Tag ein Feuer gemacht, damit jemand auf mich aufmerksam wird.«

»Bemerkenswert«, sagte Dr. Heath. »Wirklich bemerkenswert …«
Ich hatte nur das gemacht, was Timothy mir beigebracht hatte.
»Jetzt setz dich bitte wieder auf. Ich werde dir gleich mit einem Hämmerchen auf die Knie schlagen, um deine Reflexe zu testen. Hat man das schon einmal mit dir gemacht?«
»Ja.«
Ich fragte mich, wie der Arzt wohl aussah. Und wie groß war er? Wie alt?
Den ganzen Tag über hatte ich mir schon Gesichter vorgestellt, angefangen mit denen der beiden Matrosen, die mich von der Insel abgeholt hatten. Wie Timothy ausgesehen hatte, wußte ich genau, denn ich hatte ihn vor meiner Erblindung noch zwei Tage lang sehen können. Jetzt war das anders. Jetzt konnte ich höchstens noch das Alter von Menschen anhand ihrer Stimme schätzen.
Nachdem mir der Arzt auf beide Knie geschlagen hatte, sagte er: »So, das war's. Du bist gesünder als mancher andere hier an Bord. Wirklich bemerkenswert.«
»Ich habe großes Glück gehabt«, gab ich zu.
»Ich werde dem Koch sagen, daß du leichte Kost bekommen sollst …«
Ich hatte bereits einen Milch-Shake getrunken.
» … Hamburger oder Steaks würden deinen Magen zunächst nur unnötig belasten …«
O nein, das würden sie nicht, dachte ich. Mein Magen war völlig in Ordnung. Und der ewige Fisch hing mir zum Hals heraus.
»… also solltest du ein paar Tage lang nur Reis oder Kartoffelbrei essen. Vielleicht auch mal eine Suppe …«
»Kann ich denn Soße auf den Reis haben?« fragte ich. Aber in Wirklichkeit wollte ich viel mehr. Ich wollte all das essen, was ich auf der Insel entbehrt hatte. Makkaroni und Käse. Hot dogs. Hamburger. Eiskrem. Süßigkeiten.
Der Arzt gluckste fröhlich. »Ja, Soße kannst du haben. Sonst noch einen Wunsch?«

»Könnte ich was Süßes kriegen?« Danach sehnte ich mich seit Monaten.
»Geht in Ordnung. Was hättest du denn gern?«
»Einen Hershey-Riegel mit Mandeln, ein Baby Ruth und ...«
»Ich sehe schon, da kann nur der Proviantmeister helfen.«
»Und könnten Sie bitte meine Katze füttern lassen?«
»Ist schon geschehen. Wir haben ihr Milch und Reis gegeben. Hatte einen Riesenhunger, das Tier. Kann ich sonst noch etwas für dich tun?«
Ich schüttelte den Kopf. »Nein, vielen Dank.«
»Ich freue mich, daß wir dich an Bord haben«, sagte der Arzt und ging.
Irgendwie bekam ich im Lauf des Nachmittags den Eindruck, daß sämtliche Offiziere und die halbe Mannschaft des Zerstörers herunter ins Schiffslazarett schauten. Sie alle wollten wohl einen Blick auf mich und Stew werfen.
Lieutenant Commander Nathaniel Murry, der Kommandant der *Sedgewick*, kam als erster. »Du hattest wirklich Glück, mein Junge«, sagte er. »Weißt du, wie weit wir hier von der nächsten Schiffahrtsroute entfernt sind?«
»Nein, Sir.«
»Sehr weit. Wenn ich nicht diese Mitteilung vom Geheimdienst der Navy bekommen hätte, daß ein deutsches U-Boot in dieser Gegend Treibstoff von einem nicaraguanischen Frachter übernehmen soll, wäre ich niemals in diese tückischen Gewässer hier eingelaufen. Sie sind zwar schön, aber leider auch enorm gefährlich. Überall Korallenriffe, knapp unter der Wasseroberfläche. Die können einem den Schiffsrumpf aufschneiden wie eine riesige Schere.«
»Wo sind wir?« fragte ich.
»Etwa einhundertsiebzig Meilen vor der Küste von Nicaragua und Honduras, in einem Seegebiet, das auf der Karte als Nicaraguan Rise verzeichnet ist. Ich bin bis zur Seranilla- und zur Serranabank vorgedrungen ...«
Timothy hatte mir von diesen gefährlichen Riffen erzählt.
»... und dann nach Osten abgedreht. Aber dann bekam ich den

Funkspruch, daß man dich gefunden hatte, und bin sofort wieder umgekehrt. Wenn die Catalina aus Coco Solo nicht den Rauch deines Feuers gesichtet hätte, dann wäre ich jetzt schon längst nicht mehr hier ... «

Eine Catalina war ein zweimotoriges Flugboot, das wußte ich.

»Vielen Dank fürs Umkehren.«

»War mir ein Vergnügen.«

Er hatte bereits über Funk veranlaßt, daß meine Eltern von meiner Rettung verständigt wurden. Mein Vater arbeitete auf der Insel Curaçao vor der Küste Venezuelas als Ingenieur in einer holländischen Ölraffinerie.

Carruthers und Gomez, die beiden Matrosen, die mich mit dem kleinen Boot von der Insel abgeholt hatten, hatten dem Kapitän erzählt, was sie dort gesehen hatten: meine Feuerstelle, die Hütte und meine Angeln.

»Und wo fahren wir jetzt hin?« fragte ich.

»Nach Cristobal an der Einfahrt zum Panamakanal. Dort liefern wir dich in einem Marinehospital ab, bunkern Treibstoff, laden frisches Gemüse, Milch und Eier und stechen dann wieder in See.«

Er verabschiedete sich und ging zurück auf die Brücke.

Nachdem ich gegessen hatte, unterhielt ich mich den Rest des Nachmittags mit den Sanitätern im Schiffslazarett. Sie hatten Dutzende von Fragen an mich, und irgendwie machte es mir auch Spaß, im Mittelpunkt zu stehen.

Auf der Insel hatte ich immer genau gewußt, ob es Tag oder Nacht war, denn tagsüber schien mir die Sonne auf die Haut, während es nachts ziemlich abkühlte. Außerdem hatte mir mein Körper von alleine gesagt, wann es für ihn Zeit zum Schlafen war. Jetzt, an Bord dieses Schiffes, war ich viel zu aufgeregt, um gleich einzuschlafen, nachdem eine Lautsprecherdurchsage Nachtruhe für alle außer die diensttuende Wache verkündet hatte. Für den Fall, daß ich in der

Nacht etwas brauchen sollte, übernachtete ein Sanitäter im Schiffslazarett. Er fragte mich, ob ich etwas dagegen hatte, wenn er das Licht ausmachte. Da mußte ich lachen.
Er begriff sofort. »Tut mir leid, ich habe ganz vergessen, daß du ja nichts sehen kannst.«
»Ist schon okay.« Er war bestimmt nicht der letzte, der meine Blindheit vergaß.
Es wurde still auf dem Schiff. Von oben blies mir kühle Luft ins Gesicht. Die Maschinen heulten, und der ganze Rumpf zitterte, weil wir volle Fahrt machten. Der Sanitäter sagte, daß uns bei fünfundzwanzig Knoten kein Torpedo etwas anhaben könne.
Ich erinnere mich daran, daß ich die Nacht ziemlich seltsam fand, daß es die erste von vielen seltsamen Nächten war, die noch kommen sollten. Ich erinnere mich daran, wie fremd sich das Bett und die frische Bettwäsche anfühlten, erinnere mich an die Geräusche und Gerüche des Schiffs und an das merkwürdige Gefühl, andere Menschen außer Timothy in meiner Nähe zu haben. Am seltsamsten von allem aber war die Tatsache, daß ich jetzt nicht mehr völlig alleine war, und das Wissen, nun doch nicht auf einer gottverlassenen, namenlosen Insel sterben zu müssen, wo dann irgendwann einmal jemand meine Gebeine finden würde.
Auf der Insel hatte es nach Timothys Tod manchmal Tage gegeben, an denen ich am liebsten aufgegeben hätte. In meiner Verzweiflung »sprach« ich dann mit Timothy, und er »antwortete« mir. Mit wem hätte ich auch sonst reden können außer mit Stew, dem Kater? Anfangs war ich fürchterlich einsam und hatte große Angst, aber immer, wenn ich mit Timothy gesprochen hatte, ging es mir wieder besser. Ich stellte mir vor, was er mir sagen würde, und imitierte manchmal sogar seine Stimme. Wenn man blind und ganz allein auf sich angewiesen ist, erlangt die Phantasie eine enorme Wichtigkeit.
Kaum war ich in der ungewohnten Umgebung eingeschlafen, schreckte ich auch schon wieder hoch und lauschte ängstlich dem hochfrequenten Heulen der Schiffsturbinen. Es dauerte eine Weile,

bis ich begriffen hatte, daß ich nicht in der tiefen Stille einer Tropennacht auf dem weichen Sandboden unserer Hütte lag.
Selbst Stew war unruhig in dieser Nacht an Bord der *Sedgewick*. Er schlief ganz dicht neben meiner Schulter und schmiegte sich eng an mich.
Weil ich nicht gleich wieder einschlafen konnte, dachte ich noch lange nach. Das Seltsame dabei war, daß ich nicht nur an das Wiedersehen mit meinen Eltern dachte, sondern auch daran, daß ich eines Tages wieder zu der kleinen Insel zurückkehren wollte, die ich erst vor ein paar Stunden verlassen hatte.
Wenn ... wenn ... wenn ich nur wieder sehen könnte, dann würde ich diese Insel suchen und sie mir endlich ansehen.
In Gedanken hatte ich mir natürlich schon längst ein Bild von der Insel gemacht: ein kleiner Buckel aus weißem Sand mit ein paar Palmen darauf, inmitten eines hufeisenförmigen Korallenriffs gelegen und von sanften, blauen Wellen umspült.
Das mußte es sein, was Timothy sah, wenn er vom Himmel herunterblickte, in dem er jetzt war: sonnenüberglitzertes Wasser, das weiß über den Riffen schäumte.
Ich hatte die Insel gefühlt, geschmeckt und gehört. Ich hatte sie durch Timothys Augen gesehen, und jetzt wollte ich es auch mit meinen eigenen tun.

2

Auf Arbeitssuche

Oktober 1884. Die hohen Masten von Schonern und Barken, die kürzeren Masten der Schaluppen und einige Dampferschornsteine ragten in den trüben Himmel, der sich über dem Hafen von St.Thomas wölbte. Laute Schreie wie »Kauft Fisch – ganz frisch« und »Hey, Ba-na-nen, Hey, Ba-na-nen« gellten durch die heiße, feuchte Luft. Singende Frauen trugen auf ihren Köpfen große Körbe mit Bunkerkohle zu den Dampfern, wo sie für den Betrieb der Kessel gebraucht wurde.

Als Timothy sich auf der Suche nach Arbeit durch dieses laute Gedränge schob, löschten und luden gerade Schiffe ihre in Kisten und Körben verpackte Fracht. Dazwischen lagen kleinere, einmastige Segelboote von den Nachbarinseln, die Obst und Gemüse brachten: *Bluggoe* – dicke, fleischige Wegerichblätter –, Brotfrucht, Mangos, Papayas und Säcke voll süßer Jamswurzeln.

Timothys Hosen waren aus einem Mehlsack geschneidert, seine nackten Füße klatschten auf den Steinen des Kais, und seine Stimme mischte sich in den Trubel des Hafens. Er rief hinauf zu den Decks der Schiffe und bot den Kapitänen seine Dienste an. Auf seinem ernsten Gesicht und seinem sehnigen Oberkörper, der so schwarz war wie Dampferkohle, glänzten die Tropfen des Nieselregens.

»Sir, Käpt'n, ich bin ein guter Arbeiter, ich kann …«

Manchmal verdiente er sich ein paar Öre, kleine dänische Münzen, indem er Kisten trug, deren Inhalt zu zerbrechlich war, um ihn auf einem Schubkarren oder Leiterwagen zu transportieren. Aber er war nie zufrieden mit dem bißchen Geld, das er am Abend seiner Ziehmutter Hannah Gumbs nach Hause brachte.

Er war zwar erst zwölf, aber er wußte, daß er groß und stark genug war, um die hölzernen Kisten aus den Laderäumen zu heben oder um einen beladenen Schubkarren zu den langen, niedrigen Lagerhäusern zu schieben, die wie die Tasten eines riesigen Klaviers am Rand des Hafens aufgereiht waren. Trotzdem hatten die Schauerleute, die alle ebenso schwarz waren wie er, ihn bisher nur ausgelacht und ihm gesagt, er solle erst einmal erwachsen werden. Das hatte Timothy von Tag zu Tag wütender gemacht.
Der betriebsame Hafen der dänischen Kolonie St. Thomas lag an der Nahtstelle vom Atlantik zum Karibischen Meer und wurde deshalb von vielen Schiffen auf ihrem Weg von Europa und Afrika nach Südamerika angelaufen. Die Insel hatte, was den Wind und die Gezeiten anbetraf, eine ausgesprochen günstige Lage. Wenn man eine Flasche vor der Küste von Senegal ins Wasser warf, wurde sie unweigerlich von der Meeresströmung westwärts über den Atlantik zu den Karibischen Inseln getrieben.
Täglich liefen neue Dampfer und Segelschiffe in den runden Tiefwasserhafen von St. Thomas ein, der vor Urzeiten einmal der Krater eines Vulkans gewesen war und jetzt von den Kanonen zweier alter Forts bewacht wurde.
Timothy stieg über die dicken Taue, mit denen die Schiffe am Kai festgemacht waren, und achtete dabei darauf, daß er den stark schwitzenden Arbeitern nicht in die Quere kam, die ihre Schubkarren auf schweren Planken an Bord schoben.
Er war schon an vier Schiffen vorbeigegangen und näherte sich jetzt einem großen, schlanken Viermaster mit weißem Rumpf, der eben gerade hereingekommen war. Er hieß *Amager* und fuhr unter dänischer Flagge.
Obwohl man noch nicht damit begonnen hatte, die Ladung zu löschen, blieb Timothy vor dem Schiff stehen und sah zu, wie zwei Matrosen eine Krankentrage an Land brachten. Auf der Trage lag ein Junge, der etwa so alt war wie er. An seinem rechten Bein befand sich eine primitive Schiene aus zwei schmalen, mit Schnur umwundenen Brettern.

Timothy hatte den Jungen schon vorher einmal gesehen, denn er stammte ebenfalls von St. Thomas. Also rannte er zu ihm und fragte, was denn passiert sei.
»Ich hab mir das Bein gebrochen«, sagte der Junge, dessen Gesicht vor Schmerzen ganz grau war. »Bin einen Niedergang runtergefallen. Jetzt bringen sie mich zum Doktor.«
Obwohl weder er noch Timothy Sklaven waren, sprachen sie im melodisch klingenden Sklavendialekt der Kleinen Antillen miteinander.
Interessiert ging Timothy neben der Trage her. »Arbeitest du auf dem Schiff?«
»Ich war der Kajütenjunge.«
»So, so«, sagte Timothy, dem plötzlich eine Idee kam. Kajütenjunge! Das war's. »Gehst du denn wieder zurück aufs Schiff?«
»Nein. Die haben mich ausgezahlt. Sechs Monate ist jetzt Essig mit der Arbeit, sagt der Maat.«
Timothy wünschte ihm alles Gute und kehrte um.
Auf dem Rückweg zur *Amager* dachte er darüber nach, was für Aufgaben ein Kajütenjunge hatte. Er mußte die Kajüten des Kapitäns und der Maate sauberhalten, ihre Wäsche waschen, ihnen das Essen servieren und jeden auch noch so lächerlichen Wunsch erfüllen. Aber das war immer noch besser, als in Hannah Gumbs Waschkessel zu rühren. Was konnte man beim Auskochen von *Bukra*-Kleidern schon groß lernen? *Bukra* wurden auf St. Thomas die Weißen genannt.
Ein Kajütenjunge, auch wenn er nur aushilfsweise an Bord war, konnte hingegen zur See fahren, und davon hatte Timothy schon immer geträumt.
Eines fernen Tages wollte Timothy einmal »Käpt'n« werden, einen Schoner oder eine Schaluppe besitzen und mit Fracht und Passagieren von den Antillen bis nach Barbados oder sogar noch weiter segeln. Wer einmal Käpt'n sein wollte, der mußte zur See fahren, soviel war Timothy klar.
Seit er sechs oder sieben war, hatte sich Timothy regelmäßig im

Hafen herumgetrieben und hatte stundenlang auf Pollern gehockt, den großen, gußeisernen Pilzen, an denen die Leinen der großen Schiffe festgemacht werden. Wenn er nicht Tante Hannah bei ihrer schweren Arbeit für die reichen Weißen in ihren Villen oben auf den Hügeln helfen mußte, kam er herunter an den Kai und sah interessiert dem bunten Treiben zu. Inzwischen wußte er ziemlich viel über Schiffe und auch über die Männer, die darauf zur See fuhren.

Die Schiffe zogen ihn an der Kronprindsens Gade und der Dronningensgade, der Hauptstraße der Inselstadt Charlotte Amalie vorbei; vorbei an den alten Lagerhäusern, in denen in früheren Zeiten Piraten ihre Beute verstaut hatten, und vorbei auch an den singenden Kohlefrauen. Nichts interessierte ihn mehr als der Kai, wo er sich auf seinen Poller setzte, sich umsah und zuhörte und sich seinen Tagträumen hingab.

Hier im Hafen geschahen die wundersamsten Dinge. Zum Beispiel kam dreimal im Jahr das »Eisschiff«, eine Viermastbark, beladen mit riesigen Blöcken, die man aus dem Eis der großen Seen im Nordosten der USA gesägt hatte. Timothy liebte es, seine Wange an die mit Sägemehl bestäubten Blöcke zu legen und eine Kälte zu spüren, von der er nie geglaubt hatte, daß es sie überhaupt geben könnte. Wenn das Schiff wieder nach Norden fuhr, nahm es eine Ladung Rum für eine Stadt namens Boston mit. Einmal ging so ein Faß beim Verladen an Bord kaputt. Danach waren sogar die Möwen betrunken.

Mittlerweile wußte Timothy genau, daß er um Erlaubnis fragen mußte, bevor er an Bord eines Schiffes kam. Einmal hatte er schmerzhafte Fußtritte dafür bekommen, daß er es einfach so probiert hatte.

Ein kräftig gebauter Matrose mit nacktem Oberkörper stand an der Reling der *Amager* und fragte Timothy, was er wollte.

»Ich möchte Kajütenjunge werden.«

Der Matrose, der selbst aus der Karibik kam, lächelte Timothy mitleidig an und sagte: »Da mußt du auf den Maat warten. Der ist kurz mal an Land und kommt gleich wieder.«

Timothy stellte sich zwischen die beiden niedrigen Deckshäuser. Vor Aufregung bekam er einen ganz trockenen Mund und begann innerlich zu zittern. Mehr als einmal überlegte er sich, ob er nicht lieber wieder hinunter auf den Kai laufen und das ganze verrückte Abenteuer vergessen sollte. Aber er zwang sich, stillzustehen und auszuharren.

Nach zwanzig Minuten kam ein bulliger, vierschrötiger *Bukra* mit blonden Haaren und blauen Augen auf die *Amager*. Er trug eine schmutzige weiße Mütze und blickte, während er mit dem Matrosen an der Reling sprach, hinüber zu Timothy, der zwischen dem Groß- und Besanmast stand. Dann ging er direkt auf ihn zu.

»Wie heißt du?« fragte er. Er sprach Englisch mit dänischem Akzent und paffte eine kurze Zigarre.

Englisch war die offizielle Inselsprache, die auf Behörden und in Schulen verwendet wurde. Kinder, die nicht ganz so dunkle Haut hatten wie Timothy, wurden dazu ermutigt, in die Schule zu gehen, damit sie später bei den Weißen als Diener oder Zimmermädchen arbeiten konnten.

»Timothy, Sir!«

»Nachname?«

»Hab nur den einen, Sir!«

»Wie alt?«

»Zwölf, Sir. Glaube ich.«

»Glaubst du?«

Seine Pflegemutter Hannah Gumbs hatte sein Alter lediglich schätzen können. Wie alt er wirklich war, hätte nur seine leibliche Mutter gewußt, aber weder er noch sonst jemand wußte, wer sie war.

»Ja, Sir.«

»Und du willst also zur See fahren?«

»Ja, Sir.« Obwohl Timothy wie ein Soldat in Hab-acht-Stellung stand, fühlten sich seine Knie butterweich an.

»Mach den Mund auf!« Der Maat trat näher an Timothy heran und blies ihm eine scharfriechende Rauchwolke ins Gesicht.

Timothy öffnete den Mund, so weit er konnte. Er wußte, daß man den Sklaven früher in den Mund geschaut hatte. Tante Hannah, die vor einundvierzig Jahren freigelassen worden war, hatte es ihm erzählt. Jetzt mußte also auch er seinen Mund inspizieren lassen. Aber er wußte, daß er keine kranken Stellen oder Geschwüre im Mund hatte.

»Nun tu den Kopf runter. Na los, mach schon!«

Der Maat teilte mit seinen plumpen Fingern Timothys Haare und besah sich seine Kopfhaut. Er suchte nach Läusen.

»Und jetzt spreiz die Zehen, Niggerjunge.«

Als Timothy sich bückte und seine Zehen auseinanderzog, spürte er, wie diese demütigende Behandlung Wut in ihm aufsteigen ließ. Aber wenn er die Arbeit als Kajütenjunge haben wollte, mußte er nun mal den Maat zwischen seinen Zehen nach Milben suchen lassen.

Nachdem der Weiße einen Schritt zurückgetreten war und noch einmal Timothys ganzen Körper begutachtet hatte, sagte er: »Kräftig genug scheinst du ja zu sein, um das Deck zu schrubben.«

»Das bin ich, Sir!«

»Warst du jemals auf einer Schule?«

»Nein, Sir.« Mit so kohlrabenschwarzer Haut wie der seinen hätte man ihn dort niemals genommen.

»Kannst du lesen und schreiben?«

»Nein, Sir.«

»Kannst du zählen?«

»Ja, Sir«, sagte Timothy, was sogar halbwegs der Wahrheit entsprach. Bis zehn konnte er zählen, das hatte Tante Hannah ihm beigebracht.

»Gut, Timothy. Du bekommst bei uns vier Kronen im Monat und freie Kost und Logis. Hast du ein Hemd und Schuhe?«

Vier dänische Dollar im Monat! Das war für Timothy ein Vermögen.

»Ich habe dich gefragt, ob du ein Hemd und Schuhe hast!« donnerte der Maat.

»Ein Hemd hab ich, Sir.«

»Dann besorg dir ein Paar Schuhe. Wir segeln nach New York, und da frierst du dir ohne Schuhe die Füße ab. Ich will keine erfrorenen Füße hier an Bord haben, verstanden?«

»Ja, Sir.«

Der nach Tabak stinkende Maat entfernte sich, und Timothy wirbelte herum und verließ mit einem breiten Grinsen auf dem Gesicht die *Amager*. Sobald er am Kai war, fing er an zu rennen. Er schlängelte und drückte sich durch die Menschenmenge am Hafen und lief im leichten Sprühregen nach Westen in die »Hinterstadt«, eine ärmliche Hüttensiedlung am Stadtrand von Charlotte Amalie. Hier, wo hauptsächlich Tagelöhner und Kohlenträger in armseligen, nur aus einem einzigen Raum bestehenden Hütten hausten, lebte auch Hannah Gumbs. Timothys Füße flogen vor Freude nur so über das Straßenpflaster. Noch nie in seinem zwölf oder weiß Gott wie viele Jahre zählenden Leben war er so aufgeregt gewesen. Schuhe? Timothy hatte noch nie Schuhe getragen. Die Hornhaut an seinen Fußsohlen war so hart und zäh wie der Rücken eines Katzenhais. Aber wenn es sein mußte, würde Timothy sich eben ein Paar Schuhe kaufen. Das sollte ihn weder davon abhalten, zur See zu fahren, noch ihm die Hochstimmung verderben, in der er sich seit dem Gespräch an Bord der *Amager* befand.

Er trabte etwa eine viertel Meile am Hafenbecken entlang, bevor er im rechten Winkel in Richtung Inland abbog. Hier ging die Straße leicht bergauf.

Die Insel St. Thomas bestand aus einer Reihe von Hügeln und Bergen, von denen manche ziemlich steil anstiegen. Crown Mountain, der höchste dieser Bege, brachte es auf immerhin fünfhundert Meter. Die reichen Leute wohnten fast ausnahmslos oben auf den Hügeln und nicht unten an der Küste. Sie hatten Angst vor den Wirbelstürmen, die die Insel regelmäßig heimsuchten. Vor Beginn der Sturmsaison betete man auf der Insel darum, dieses Mal vor Schäden verschont zu bleiben, und wenn die tropischen Wirbelstürme St. Thomas dann wirklich gemieden hatten, schickte man ebenso viele Dankgebete hinauf zum Himmel.

Timothy lief weiter den Hügel hinauf.

3

Panama

Ich lag in einem metallenen Krankenbett im Marinehospital am Panamakanal und fragte meine Mutter: »Kannst du dich noch an den alten Matrosen erinnern, den wir am zweiten Tag an Deck dabei beobachtet haben, wie er die alte Farbe abkratzte?«

Timothy war der älteste, größte und dunkelhäutigste Mann in der Mannschaft der SS *Hato* gewesen. Er mußte über eins fünfundachtzig groß gewesen sein, aber das fiel mir erst später auf, als er sich auf dem Floß aufrichtete. Er hatte breite Schultern, kräftige Arme und starke, von jahrelanger harter Arbeit trainierte Muskeln. Auch das Alter hatte ihn kaum kleiner gemacht.

»Nein, ich erinnere mich nicht mehr an ihn.«

Ich drehte mich zu meiner Mutter hin. Ohne lange darüber nachzudenken, hatte ich mich seit meiner Erblindung immer automatisch in die Richtung gedreht, aus der ich etwas gehört hatte. Einen Vogel, ein Flugzeug, Schritte, eine Stimme. Mutters Stimme. Geräusche wurden enorm wichtig für mich.

Von der rechten Seite des Bettes, wo meine Mutter saß, stieg mir ein Hauch von französischem Parfüm in die Nase. Ich erinnerte mich daran, diesen zarten Duft schon früher an ihr gerochen zu haben. Jetzt aber hatten Gerüche für mich eine sehr viel größere Bedeutung.

Meine Mutter war eine schlanke, gepflegte Frau mit hellblauen Augen und blasser Haut. Das letzte Mal hatte ich sie im orangen Feuerschein gesehen, als wir beide nach dem Untergang der *Hato* aus dem noch nicht richtig zu Wasser gelassenen Rettungsboot gefallen waren.

»Er war barfuß und trug einen Strohhut auf dem Kopf.«
Ich fragte mich, was für ein Kleid Mutter wohl heute anhatte.
»Das hier ist sein Messer.« Ich deutete in Richtung Nachttisch und tastete danach.
»Ich glaube nicht, daß ich ihn gesehen habe«, sagte sie.
Nicht weit von uns entfernt tönte eine Schiffssirene, der die eines Schleppers antwortete. Jetzt, wo von Europa bis zum Pazifik überall auf der Welt gekämpft wurde, fuhren unzählige Handels- und Kriegsschiffe Tag und Nacht durch den Panamakanal. Auch die vorher so friedliche Karibik war zum Kriegsgebiet geworden.
»Ich glaube, ich habe diesen Matrosen kurz vor eurer Abfahrt gesehen«, sagte mein Vater. »Ich habe mich damals gefragt, warum ein so alter Mann noch zur See fährt. Er sah so aus, als wäre er fünfundsechzig, wenn nicht gar siebzig ...«
Ich drehte mich in Richtung auf Vaters Stimme, die vom Fußende des Bettes kam. Er durfte zwar hier im Krankenzimmer nicht rauchen, aber trotzdem ging ein leicht nach Äpfeln duftender Tabakgeruch von ihm aus. Außerdem roch er nach dem starken Rum, den er immer als Rasierwasser benutzte. Beide Gerüche vermittelten mir ein Gefühl von Geborgenheit.
Meinen Vater hatte ich zuletzt vergangenen April gesehen. Ganz allein war seine große Gestalt auf der Mole von Fort Amsterdam gestanden und hatte uns zum Abschied zugewinkt, als wir an Bord der *Hato* die Hafenausfahrt von Curaçao passiert hatten. In diesem Augenblick hatte ich meine Mutter dafür gehaßt, daß sie mich unbedingt mit sich in die Vereinigten Staaten hatte nehmen wollen. Jetzt kam mir die Stimme meines Vaters so vertraut vor, als wäre kaum ein Tag vergangen, seit wir uns getrennt hatten. Sie war so sanft, langsam und bedächtig wie immer. Mein Vater kam aus Virginia, während meine Mutter aus New Jersey stammte.
»Ich denke, daß er eher siebzig als fünfundsechzig Jahre alt war«, sagte ich, »aber sicher weiß ich es nicht.« Es gab so ungeheuer viel, was ich von Timothy nicht wußte.
»Hat er dir erzählt, warum er als alter Mann noch zur See fuhr?«

»Wegen des Krieges. Erfahrene Seeleute sind jetzt Mangelware, und deshalb hat er sich freiwillig gemeldet. Ihr könnt euch gar nicht vorstellen, wieviel er über die Karibik wußte.«
Er kannte die Vögel, die Fische, die Stürme und die Inseln.
»Du hattest Glück«, sagte mein Vater. »Großes Glück.«
Genau das hatte ich auch zu allen Leuten gesagt.
Wir schwiegen eine Weile. Wäre jemand anderer mit mir auf diesem Floß gewesen, dann wäre ich jetzt vermutlich nicht hier. Meine Mutter, deren schwarzes Haar immer glänzte wie dunkles Glas, klang, seit sie mein Krankenzimmer betreten hatte, ganz anders als sonst. Irgendwie kam sie mir jetzt viel sanfter vor. Nichts erinnerte an den mäkelnden Unterton, den sie sonst immer in ihrer Stimme hatte. Nach ihrer Stimme zu schließen war sie, wenigstens im Augenblick, nicht mehr die energische, angespannte Frau, als die ich sie bisher gekannt hatte.
Nachdem sie vor zwei Tagen von der Marine erfahren hatten, daß ich am Leben und wohlauf, wenn auch blind, war, hatten meine Eltern sofort das nächste Flugzeug nach Panama genommen. Morgen würde ich mit ihnen zurück nach Curaçao fliegen. Ich mußte eigentlich gar nicht das Bett hüten, aber die Krankenschwestern hatten mich zusammen mit Stew hier deponiert, damit ich ihnen draußen auf den Gängen nicht im Weg war.
Meine bis vor kurzem noch langen und verfilzten Haare, die, wie man mir erzählt hatte, die tropische Sonne hellblond gebleicht hatte, waren mir am Tag zuvor ganz kurz geschnitten worden. Die Krankenschwestern sagten mir, daß ich ein gutaussehender Junge sei, und hatten sich kichernd erzählt, wie ich völlig nackt an Bord des Zerstörers gekommen sei. Sie sagten, daß ich am ganzen Körper nahtlos braun und ein Traum für jedes Mädchen sei, sie selbst mit eingeschlossen. Sie flirteten richtiggehend mit mir, obwohl ich etliche Jahre jünger war als sie. Auch wenn ich auf der Insel ohne Kuchen und Kerzen meinen zwölften Geburtstag gefeiert hatte, so fühlte ich mich doch sehr viel älter.
Stew klopfte unten an meinen Füßen mit einer Pfote gegen das

Bettgestell. Vermutlich kratzte er sich damit gerade hinter dem Ohr. Der Marinekapitän, der das Kommando über das Lazarett hatte, hatte Stew entgegen aller Vorschriften erlaubt, bei mir im Zimmer zu bleiben: »Ihr beide seht so aus, als würdet ihr zusammengehören.«
Das stimmte. Wir gehörten wirklich zusammen. Schließlich hatten wir gemeinsam eine Menge erlebt.
Ich hielt meinen Kopf immer noch meinem Vater zugewandt. »Sein Name war Timothy«, sagte ich. »Das war der einzige Name, den er hatte. Und ohne ihn wäre ich jetzt nicht hier. Er starb, und ich habe ihn begraben. Jetzt ist er mein Schutzengel. Wir reden sogar miteinander ...«
Meine Eltern sagten nichts und dachten vielleicht, daß die viele Sonne mir das Gehirn durcheinandergebracht habe. Bestimmt fragten sie sich, wie ich mit einem Menschen reden konnte, den ich eigenhändig im Sand begraben hatte. Vermutlich wußten sie nicht, was sie darauf sagen sollten. Oder steckte ihnen immer noch meine unerwartete Rettung in den Gliedern?
Nachdem die Krankenschwester meine Eltern zu mir ins Zimmer geführt und gesagt hatte: »So, da ist er, Ihr kleiner Herzensbrecher« (was mir peinlich gewesen war), hatte meine Mutter mich minutenlang ganz fest an sich gepreßt. »Es tut mir leid, es tut mir ja so leid«, hatte sie fortwährend gemurmelt, und mein Gesicht war von ihren Tränen ganz naß geworden.
Irgendwie hatte ich mich in ihren Armen nicht wohl gefühlt. Ich wollte nicht von ihr bemitleidet werden. Timothy hatte das nie getan, selbst dann nicht, wenn ich der Meinung war, daß ich ein wenig Mitleid durchaus verdient gehabt hätte. Von ihm habe ich gelernt, daß zuviel Mitleid gefährlich sein kann.
Es war die Entscheidung meiner Mutter gewesen, zusammen mit mir von Curaçao wieder heim nach Virginia zu fahren. Dort, so hatte sie geglaubt, wären wir vor den Kriegsereignissen verschont. Daß sie uns gerade dadurch in Gefahr gebracht hatte, machte ich ihr schon längst nicht mehr zum Vorwurf.

Wie hatte doch Timothy einmal gemeint: »Ist es vielleicht ihre Schuld, daß dieser furchtbare Krieg ausgebrochen ist, kleiner Boß?« Nein, natürlich war sie nicht für den Zweiten Weltkrieg verantwortlich, das war ja klar. Sie hatte es wegen der U-Bootangriffe nur mit der Angst zu tun bekommen und sich und mich in Sicherheit bringen wollen.

»Wie haben sie dich denn gefunden?« wollte mein Vater wissen.

»Ein Flugzeug hat mein Feuer gesehen und es über Funk dem Zerstörer mitgeteilt.« Es würde Tage dauern, bis ich ihnen alles erzählt hatte, was auf dem Floß und auf der Insel geschehen war.

Zuerst aber wollte ich wissen, wie es meiner Mutter ergangen war, nachdem unser Schiff gegen drei Uhr früh im Dunkel der Nacht ohne jede Vorwarnung torpediert worden war.

Ich weiß noch, wie ich an Deck kam und sah, daß der ganze hintere Teil des Schiffes lichterloh in Flammen stand. Das Feuer tauchte alles in ein helles, rötliches Licht. Die Passagiere hatten Angst und schrien wild durcheinander. Jemand sagte uns, wir sollten in ein Rettungsboot steigen, damit es zu Wasser gelassen werden könne. Als wir drinnen saßen, begann das Schiff mit dem Bug nach vorne zu sinken, und das Rettungsboot, das noch immer an den Davits hing, bekam so starke Schräglage, daß wir beide ins Wasser fielen.

»Ich bin herumgeschwommen und habe versucht, dich zu finden«, sagte meine Mutter, »aber du warst nirgends mehr zu sehen. Dann packte mich ein Matrose und zog mich ins Rettungsboot.«

Also hatten sie es doch noch geschafft, das Boot zu Wasser zu lassen.

»Ich habe mich gewehrt, Phillip. Ich wollte nicht ohne dich in dieses Boot. Aber dann hat mir der Matrose einen Schlag versetzt, und die anderen haben mich hineingezerrt ...« Ihre Stimme überschlug sich fast, und sie konnte eine ganze Weile nicht weitersprechen. »Ich dachte, du wärest ertrunken. Es war alles meine Schuld, einzig und allein meine Schuld ...«

Dann erzählte sie noch, daß man sie in dem Rettungsboot habe festhalten müssen, damit sie nicht wieder über Bord sprang.

Ich konnte mir nur schwer vorstellen, wie meine Mutter ins Wasser

sprang und ganz allein nach mir suchte. Und doch wußte ich, daß sie die Wahrheit sagte. Sie liebte mich, daran zweifelte ich nie, auch wenn sie es mir nur selten sagte. Und außerdem können Ausnahmesituationen die Menschen oft auf die seltsamste Weise verändern. Das hatte Timothy mir erklärt.
»Zwei Tage lang sind wir gegen den Wind angekreuzt und haben uns immer näher ans Festland herangearbeitet. Es wehte nur ein schwacher Wind. Ich dachte an nichts anderes als an dich. Es war mir egal, ob ich überlebte oder starb ...«
Dann entdeckte ein Tanker auf dem Weg nach Aruba, einer weiteren zu Holland gehörenden Insel, das Rettungsboot, und bald waren alle Überlebenden der *Hato* in Sicherheit. Alle – bis auf drei.
»Ich informierte den Kapitän des Tankers, daß du ins Wasser gefallen und verschwunden warst. Ich wußte zwar, daß du eine Schwimmweste anhattest, aber da waren schließlich die Haie ...«
Sie hörte wieder auf zu sprechen.
»Der Kapitän hat gleich einen Funkspruch an die amerikanische Marine geschickt und ihr gemeldet, daß die *Hato* gesunken sei und er die Überlebenden geborgen habe«, sagte mein Vater mit beherrschter Stimme. »Erst als man diese Nachricht an mich weiterleitete, erfuhr ich von eurem Unglück.«
Er hatte die Kopie des Funkspruchs zu Hause aufgehoben. Später las er sie mir vor:

NACHRICHT AN PHILLIP ENRIGHT C/O CURAÇAOSCHE PETROLEUM MAATSCHAPPIJ ••••••• SS HATO ETWA 76 GRAD WEST 12 GRAD NORD AM 6. APRIL GESUNKEN ••••••• MRS. ENRIGHT GERETTET UND WOHLAUF ••••••• IST AUF DEM WEG NACH ARUBA ••••••• SOHN PHILLIP ENRIGHT NOCH IMMER VERMISST •••••••

Er erzählte, daß die holländische Marine sofort ein Suchflugzeug von Curaçao aus losgeschickt habe und die amerikanische Marine drei Maschinen von Coco Solo in Panama aus. Aber alle vier hatten

nicht einmal mehr einen Ölfleck auf dem Wasser entdecken können. Selbst mein Vater war zusammen mit einem befreundeten Piloten in einer kleinen Kiste losgeflogen und hatte sich an der Suche nach mir beteiligt. Dabei war ihnen der Treibstoff ausgegangen, so daß sie in Barranquilla in Kolumbien hatten landen müssen.
Aber zu dem Zeitpunkt waren Timothy, Stew und ich auf unserem paar Quadratmeter großen Rettungsfloß schon längst in Richtung auf die kleinen Inseln vor der Küste von Nicaragua abgetrieben worden.
»Und jetzt mußt du uns erzählen, was auf dem Floß passiert ist, Phillip«, sagte mein Vater.

4

Die Hinterstadt

Oktober 1884. Hannah Gumbs stand hinter ihrer strohgedeckten Hütte und rührte mit einem langen Holzlöffel die dampfende Wäsche um. Unter dem bauchigen, gußeisernen Kessel glühte die Holzkohle, die Schiffe aus Puerto Rico nach St. Thomas gebracht hatten. Beißende Dämpfe stiegen aus der blubbernden Lauge und mischten sich mit der vom Nieselregen feuchten Luft. Ob bei Regen oder Sonnenschein, die Hinterstadt roch immer nach bitterer Armut.

»Tante Hannah, ich fahre endlich zur See!« rief Timothy glücklich. Hannah war gar nicht Timothys Tante. Eigentlich war sie überhaupt nicht mit ihm verwandt. Sie hatte ihn eines frühen Morgens beim Hahnenschrei auf ihrer Türschwelle gefunden. Er lag schlafend in einer Kiste, an der ein mit ungelenken Buchstaben beschrifteter Zettel hing, auf dem »Timothy« stand, sonst nichts. Aber auch wenn sie nicht seine Tante war, so hatte Hannah ihn dennoch aufgezogen wie ihren eigenen Sohn.

Hannah hatte ein ausgewaschenes, blaues Kopftuch um, trug eine alte Baumwollbluse und einen langen Rock und war barfuß. Als sie Timothy hörte, drehte sie sich um und warf ihm einen kritischen Blick zu. »Und was ist mit deiner Lehre?«

Ein Schreiner in der Frenchman Road, wohin Hannah ihre Wäsche lieferte, hatte sich auf ihre Bitte hin bereit erklärt, Timothy als Lehrling aufzunehmen. Dort würde er lernen, wie man aus brasilianischem Mahagoni die verschiedensten Möbel fertigte. Es war Hannahs sehnlichster Wunsch, daß Timothy einmal ein angesehener und gutverdienender Handwerker wurde.

»Ich werde Kajütenjunge, Tante Hannah«, sagte Timothy trotzig. Warum bloß war sie nicht begeistert darüber, daß er sein Schicksal in die eigene Hand nahm und in die weite Welt hinaussegelte?
Hannah war eine hübsche und gescheite Frau mit einem rundlichen Gesicht. Jetzt verengte sie ihre tiefliegenden braunen Augen zu schmalen Schlitzen und fragte: »Wer hat dir das gesagt?« Hannah hatte *Yaba-yaba*, sinnloses Geplapper, noch nie ausstehen können.
Nachdem sie aus der Sklaverei entlassen worden war, hatte sie es abgelehnt, freiwillig auf der Alborg Zuckerrohrplantage weiterzuarbeiten, auf der sie zur Welt gekommen war und wo sie ihr ganzes bisheriges Leben zugebracht hatte. Hannah hatte ihren Stolz und wollte unabhängig sein, auch wenn das bedeutete, daß sie manchmal Hunger leiden mußte. Ein Jahr, bevor man ihr Timothy auf die Türschwelle gelegt hatte, war ihr Mann gestorben. Eigene Kinder hatte sie keine.
Bis vor sechs Jahren hatte Hannah am Hafen als Kohlenträgerin gearbeitet und auf ihrem Kopf die neunzig Pfund schweren Körbe die steilen Gangways hinaufgetragen. Selbst im Winter war ihr dabei der Schweiß in dünnen Rinnsalen am Körper heruntergelaufen. Die singenden Kohlefrauen bekamen pro Korb eine Öre, einen dänischen Pfennig. Kein Wunder, daß ihre rhythmischen Gesänge davon handelten, wie schwer und hart das Leben ist.
Als Hannah Probleme mit ihrem Hals und den Beinen bekam, fing sie mit dem Wäschewaschen und Bügeln an. Sie wußte genau, daß einem nichts geschenkt wurde. Timothy wußte das nicht – noch nicht.
»Der *Bukra*-Maat von dem Schoner hat's gesagt. Er hat vier Masten, der Schoner, und er fährt nach New York. Ich kriege vier Kronen im Monat und freies Essen dazu«, sagte Timothy mit einem triumphierenden Glitzern in den Augen.
Hannah seufzte, nahm einen Armvoll schmutziger Wäsche und warf sie in den Kessel. »Es wäre wirklich besser für dich, wenn du hierbleiben würdest.«
»Nein, ich gehe fort, Tante Hannah«, widersprach Timothy. Er

nahm Tante Hannah den Holzlöffel aus der Hand und rührte die Wäsche in der grauen Lauge um.
»Auf dem Schiff wirst du hart arbeiten müssen«, sagte sie.
»Auch nicht härter als auf der Plantage.«
Hannahs knappes Nicken deutete an, daß sie ihm in dieser Hinsicht recht gab. Außerdem wurden in den Zuckerrohrfeldern auf St. Thomas längst nicht mehr so viele Arbeiter gebraucht wie früher. Viele der alten Plantagen hatten in letzter Zeit Konkurs anmelden müssen.
»Trotzdem ist es besser, wenn du lernst, wie man Stühle und Tische schreinert«, sagte Hannah, als wolle sie die Diskussion damit beenden.
Timothy konnte ihr nicht ins Gesicht sehen. Er wußte, daß er sie draußen auf See Tag und Nacht vermissen würde. Verlegen starrte er auf den großen Waschkessel. »Aber ich muß einfach hinaus aufs Meer, Tante Hannah.«
Ihr Schweigen sagte ihm, daß sie nichts dagegen unternehmen würde.
»Eines Tages werde ich vielleicht sogar Käpt'n, und dann mußt du nicht mehr so hart für die *Bukra* arbeiten …«
»Bevor man eine Ziege anbinden kann, muß man sie erst fangen«, sagte sie und legte frische Holzkohle auf die Glut.
Timothy wußte, daß sie damit meinte, er solle bloß nicht übermütig werden. Trotzdem lachte er sie an. »Du wirst schon sehen, wenn ich Käpt'n werde, dann nenne ich meinen Schoner *Hannah Gumbs* … «
Hannah ging auf Timothy zu und schloß ihn in die Arme. Lange standen sie so da und kümmerten sich nicht um den auf einmal sehr viel stärkeren Regen, der sie bis auf die Knochen durchnäßte. Bald würde die Sonne wieder scheinen und alles trocknen. Schließlich war die stürmische Jahreszeit mit ihrem vielen Regen schon so gut wie vorbei.
Dann trat Hannah einen Schritt zurück und musterte Timothy fast so genau, wie es vorhin der Maat getan hatte, nur daß ihr Blick sehr viel liebevoller war als seiner.

Hannah hatte Timothy gut erzogen. Obwohl er nie eine Schule besucht hatte, war er intelligent und aufgeweckt. Wahre Weisheit kommt ohnehin nur selten aus Büchern. Und daß er stark und gesund war, wußte Hannah sowieso.

Schließlich war sie eine heilkundige Frau, die ihr ganzes Wissen über Kräuter und Heilpflanzen für ihren Ziehsohn eingesetzt hatte. So hatte sie ihm all die Jahre über *Callaloo* gegeben, die grünen Blätter der Wasserbrotwurzel, die wahre Wunder wirkten, wenn man sie regelmäßig aß. Mit Tee von den Blättern des *Gritchee-gritchee*-Baums hatte sie seine Verdauungsbeschwerden kuriert und mit einer Scheibe bitteren Sempervivums, auch Aloe genannt, seine Erkältungen.

Hannah kannte noch gut zwei Dutzend weitere Heilpflanzen. Die Blätter des Seifennuß-Baumes halfen bei Verbrennungen und Verbrühungen, ebenso wie frische Bananenblätter. Der Zahnwehbaum linderte Schmerzen im Mundbereich, und mit einer Pflanze namens *Better-mahn-Better* bekam man auch hohes Fieber wieder herunter. Alle aus der Hinterstadt kamen zu Hannah Gumbs, wenn sie körperliche Beschwerden hatten, und die, die es sich leisten konnten, gaben ihr ein paar Öre für ihre Dienste.

Ja, wenn sie sich Timothy jetzt so betrachtete, dann sah sie mit Stolz, was für einen starken und gescheiten Jungen sie aus ihm gemacht hatte. Aber nun war es wohl an der Zeit, ihn gehen zu lassen, auch wenn sie das furchtbar traurig machte. Sie würde ihn vermissen, als hätte sie ihn selber geboren, doch um so stolz und unabhängig zu werden wie sie selbst, mußte Timothy jetzt in die weite Welt hinaus.

Timothy rannte los und erzählte allen Leuten in der Hinterstadt, daß er Kajütenjunge auf der *Amager* werden würde. Erst als es Abend wurde, erreichte er Charlie Bottle und Wobert Avril, seine beiden besten Freunde unter den Erwachsenen. Sie wohnten im Inneren der Insel. Aufgeregt berichtete er schließlich auch ihnen, daß er nun endlich zur See fahren werde.

5

Das Floß

Die Rettungsflöße der *Hato* befanden sich beide am Heck des Schiffes und bestanden aus einer robusten Holzkonstruktion, die auf vier leeren, wasserdicht verschlossenen Ölfässern befestigt war. Im Boden befanden sich Schlitze, durch die eingedrungenes Wasser sofort wieder ablaufen konnte. Unser Floß war das Steuerbordfloß von der rechten Seite des Schiffes. In seinem etwa einen Meter hohen Aufbau befand sich in der Mitte eine Klappe, durch die man an die Vorräte in einer verzinkten Blechkiste und an die zwei Fäßchen mit insgesamt vierzig Liter Trinkwasser herankam. Bei sorgfältiger Rationierung konnten damit vier Menschen auch in heißem Klima etwa zwei Wochen überleben. Für zwei Menschen und eine Katze reichte das Wasser mindestens einen Monat.
Der Inhalt der Proviantkiste bestand hauptsächlich aus Schiffszwieback, einem steinharten, ungesalzenen Gebäck. Dazu kamen noch mehrere in Aluminiumfolie verpackte Tafeln Schokolade, ein Spiegel und Leuchtraketen, mit denen man Notsignale geben konnte, sowie ein Verbandskasten, Angelhaken und Schnüre, eine Petroleumlampe und in wasserdichtes Wachspapier verpackte Sturmstreichhölzer.
All das, die Klappe, die Wasserfässer und die Blechkiste mit den Vorräten sah ich, noch bevor ich blind wurde.
Komfort gab es auf dem Rettungsfloß keinen. Es war einzig und allein aufs Überleben hin konstruiert, nicht auf Bequemlichkeit.

Ich erinnere mich nicht mehr daran, was mich am Kopf getroffen und damit später zu meiner Erblindung geführt hat. Ich weiß nur, daß mir schwarz vor Augen wurde, als ich aus dem Rettungsboot fiel. Als ich wieder erwachte, lag ich auf dem Rettungsfloß, und ein Fremder beugte sich über mich und fragte: »Na, junger Boß, wie fühlst du dich?« Es dauerte eine Weile, bis ich in ihm den alten Mann erkannte, den ich am Nachmittag zuvor beim Lackabkratzen gesehen hatte.

Als ich die Augen aufschlug, war es schon hell, und eine große, schwarz-graue Katze saß neben mir und leckte sich die Hinterpfoten.

Die *Hato* war verschwunden und meine Mutter ebenfalls. Wohin ich auch blickte, ich sah nichts als den endlosen Ozean. Das Wasser war ruhig und blau und glitzerte in der Sonne. Die Luft war warm, und das Floß bewegte sich kaum.

Als ich den Mann, den ich sehr bald als Timothy kennenlernen sollte, zum ersten Mal sah, kam ich mir vor wie in einem Alptraum, der auch nach dem Erwachen nicht enden wollte. Als mir klar wurde, daß er ein Matrose von der *Hato* war, dachte ich zuerst, ich läge in unserer Kabine und hätte den Torpedotreffer, den Brand des Schiffes und meinen Sturz aus dem Rettungsboot nur geträumt. Aber kaum hatte der Matrose mich gefragt, wie ich mich fühlte, da wußte ich, daß ich nicht geträumt hatte. Ich war mit diesem alten Mann auf dem Floß gefangen, und es gab kein Entrinnen.

Schon allein sein Gesicht machte mir angst, von seinem riesigen Körper ganz zu schweigen. Er hatte eine lange, gebogene Narbe auf der Wange, von der ich natürlich sofort annahm, daß sie nur von einem Messer stammen konnte, denn meine Mutter hatte mir oft erzählt, wie gewalttätig die Männer von den Westindischen Inseln seien. Sein Mund war breit und seine Lippen dick. Seine schwieligen Hände waren so groß wie Banjos und hätten mich mit Leichtigkeit in Stücke reißen können. Einzig seine Stimme klang melodisch, westindisch und sanft wie ein warmer Wind in Palmenwedeln, und wenn er lachte, zeigte er sein noch immer makelloses Gebiß.

Ich erinnere mich daran, daß ich vor Angst geweint habe und mich übergeben mußte.
Am dritten Morgen erwachte ich und dachte, es wäre immer noch Nacht. Aber Timothy sagte erstaunt: »Wieso Nacht? Es ist doch hellichter Tag.«
Ich hielt die Hand vor meine Augen und konnte sie nicht sehen.
Ich weiß noch, daß ich laut aufschrie.
Ich war blind.

6

Schuhe

Oktober 1884. Esel schrien und Hähne krähten, als Timothy im ersten Licht des Tages neben Tante Hannah auf ihrem gemeinsamen Lager aus Bananenblättern erwachte. Das einzige Geräusch außer Tante Hannahs leisem Schnarchen war das *Ziiip-i-i-i-ziiip* des Bananenpfeifers. Wenn erst der Madenfresser, eine Art Krähe mit langen Schwanzfedern erwachte, würde er über die Hüttensiedlung fliegen und mit seinem schrillen *Woik-woik* den Leuten verkünden, daß es Zeit zum Aufstehen war.

Dann würden immer mehr Bewohner der Hinterstadt erwachen, und menschliche Stimmen würden von draußen in die Hütte dringen.

Tante Hannah drehte sich auf die andere Seite.

Der Schlafbereich war durch ein aus Flicken zusammengenähtes Tuch vom Rest der Hütte mit ihrem gestampften Lehmboden abgetrennt, in der es immer ganz würzig nach den zum Trocknen aufgehängten Kräutern roch. Untertags war das Tuch zusammengerollt, aber abends machte Hannah daraus die Wand eines kleinen Schlafzimmers, auf das sie sehr viel Wert legte.

Jetzt keuchte sie und gähnte und sagte: »Gut'n Morgen.«

Es dauerte nicht lange, da erfüllte der beißende Geruch von brennendem Holz und gebratenem Fisch die Luft der Hinterstadt und übertönte den fauligen Geruch der offenen Klärgruben, der einem hier ständig in der Nase lag.

Wasser mußte man sich aus einem Gemeinschaftsbrunnen am Fuß des Hügels holen und in Eimern herauftragen. Nachdem sich Timothy die Zähne mit einem Stück Seifenrebe geputzt hatte, war

seine erste Aufgabe jeden Tag, Wasser zu holen und in ein hölzernes Faß neben der Hütte zu gießen. Seit er vier oder fünf Jahre alt war, hatte er tagtäglich Wasser vom Brunnen heraufgeschleppt, nur in den Regenmonaten Mai bis September füllte sich das Faß manchmal von selbst mit dem Wasser aus den hölzernen Regentraufen.
Timothy hatte sich nie über das Leben in der heruntergekommenen Hinterstadt beschwert, über die Wasserschlepperei, das Rühren im Waschtrog oder den täglichen Kampf gegen die Kakerlaken. Er kannte nichts anderes. Verglichen mit dem, was Tante Hannahs Eltern durchgemacht hatten – sie waren beide von der afrikanischen Sklavenküste in Ketten, halbverhungert und mit Brandzeichen versehen hierher verschleppt worden –, war das Leben in der Hinterstadt geradezu angenehm.
Die einzigen Gefahren, die einem hier drohten, waren die Stürme, die Stiche von Skorpionen und anderem Getier wie den *Marley Gumbeys*, den schwarzen Wespen, oder das Gift, das bei Regen von den Manzinellabäumen tropfte. Auf St. Thomas gab es zum Glück keine Giftschlangen, und auch die Fledermäuse, die am Abend um die Tamarindenbäume flatterten, waren harmlos.
Wenn nur wenige Schiffe im Hafen lagen, machte Timothy manchmal eine Wanderung an die Küste oder in die Berge. Vom Crown Mountain aus hatte er einen herrlichen Blick auf die umliegenden Inseln und Inselchen. An klaren Tagen konnte man im Westen sogar Puerto Rico erkennen. Die Nachbarinseln St. Croix und St. John hoben sich deutlich am Horizont ab. Wie sehnte er sich danach, zu all diesen Inseln und noch viel weiter zu segeln.
Manchmal spielte er Stockball oder Schussern mit anderen Jungen aus der Hinterstadt. An einem Nachmittag in der Woche ging Timothy mit Tante Hannah zum Kräutersuchen, und manchmal fuhr er mit Charlie Bottle im Ruderboot auf eine kleine Insel namens Thatch Cay, um dort Heu für Charlies vier Kühe und sieben Ziegen zu holen. Mindestens einmal die Woche begleitete er Wobert Avril zum Fischen. Sie fuhren früh am Morgen los und holten zunächst mit dem Netz Sardinen und andere kleine Fische aus dem Wasser,

die sie dann als Köder an die Angelhaken steckten, um damit größere Fische anzulocken.
Am liebsten aber war Timothy im Hafen. Wenn er dort so auf seinem Poller saß und die Männer beobachtete, die mit ihren Booten von den Nachbarinseln kamen, fragte er sich manchmal, ob einer von ihnen vielleicht sein Vater war. Das war natürlich sinnlos, aber Timothy war felsenfest davon überzeugt, daß sein Vater, den er nicht kannte und höchstwahrscheinlich auch nie kennenlernen würde, zur See fuhr. Und das würde er jetzt ebenfalls tun.

Timothy, der noch nie unter Deck eines Schiffes, geschweige denn in einer Kapitänskajüte gewesen war, konnte es kaum fassen, in welchem Luxus der Kapitän der *Amager* lebte. Im Schlafzimmer lag auf dem Boden aus Teakholzplanken sogar ein großer, runder Teppich. So etwas Elegantes hatte Timothy noch nie gesehen.
Überall glänzte poliertes, dunkles Holz und sauber geputztes Messing. Der andere Kajütenjunge hatte ganz offenbar gute Arbeit geleistet.
Nyborg, der gedrungene, blonde Maat, baute sich neben dem Doppelbett des Kapitäns auf. »Zeig mir deine Hände, Junge.«
Sie waren sauber. Timothy hatte sie zweimal geschrubbt, bevor er die Hinterstadt verlassen hatte.
»Jetzt zeige ich dir, wie der Kapitän sein Bett gemacht haben will. Die Ecken der Zudecke müssen ganz gerade liegen. Wo schaust du denn hin, verdammt noch mal?«
Timothy, der eben das Bett bewundert und nicht auf die Ecken der Zudecke geschaut hatte, bekam vom Maat einen Schlag auf den Hinterkopf.
»Ja, Sir.«
Dann führte ihn Nyborg in den Kartenraum, der voller Seekarten und Navigationsinstrumente war. Timothy kam aus dem Staunen gar nicht mehr heraus.

»Hier mußt du jeden zweiten Tag den Boden putzen, aber untersteh dich, etwas anzufassen.«
Gegenüber vom Kartenraum befand sich das Badezimmer des Kapitäns. Timothy hatte zwar schon einmal ein Waschbecken und eine Toilette gesehen, aber noch nie eine Badewanne. Das war ein Luxus, der seine Vorstellungskraft überstieg.
»Das hier muß alles picobello saubergemacht werden.«
»Ja, Sir«, hauchte Timothy. Er würde alles zum Glänzen bringen.
Dann zeigte Nyborg ihm die Maatskajüte im vorderen Teil des Achterdeckhauses, die er selbst bewohnte. Zwar fehlten hier Toilette und Badewanne, aber der Rest mußte ebenso saubergemacht werden wie die Kajüte des Kapitäns.
Wenn er mit seiner Arbeit für den Kapitän und den Maat fertig war, mußte Timothy dem Koch helfen und tun, was immer der von ihm verlangte. Gemüse putzen. Pfannen schrubben.
Timothy fühlte sich diesen Aufgaben durchaus gewachsen. Sie würden ihm sogar Spaß machen.
Am Ende seiner kleinen Führung zeigte Nyborg Timothy noch, wo er wohnen würde. Es war eine schmale Koje direkt neben der Kombüse im vorderen Deckshaus. Als der Maat ging, sagte er noch: »Und wenn ich dich dabei erwische, daß du etwas klaust, dann werfe ich dich über Bord.«
»Ja, Sir.« Timothy hatte bisher noch nie etwas gestohlen. In seinem ganzen Leben nicht. Tante Hannah hätte ihm dafür eine fürchterliche Tracht Prügel verpaßt.
Erst als der Maat die Kombüse verlassen hatte, verlangsamte sich Timothys Herzschlag wieder ein wenig. Was ihn so aufgeregt hatte, war nicht so sehr das gewesen, was Nyborg gesagt hatte, sondern wie er es gesagt hatte. Außerdem hatte Timothy den Eindruck gehabt, als würden sich die blauen Augen des Maats so tief in die seinen bohren, daß seine Blicke am Hinterkopf wieder austraten. Und dann Nyborgs Hände, die ausgesehen hatten, als könnten sie sich jeden Augenblick zu Fäusten ballen und einem mitten ins Gesicht schlagen.

Der Koch, der so aussah, als käme er aus Puerto Rico, stand neben dem Herd und wartete, bis der Maat sich außer Hörweite befand. Dann sagte er leise: *»Muy malo.«*

Timothy verstand zwar kein Spanisch, aber der Blick des Kochs und der Klang seiner Stimme schienen ihm sagen zu wollen: *Nimm dich bloß vor ihm in acht.*

Timothy nickte dem Koch dankend zu und ging nach achtern, um probeweise das Bett des Kapitäns zu machen und die Kabinen zu putzen.

Am Mittwoch, dem Tag, bevor die *Amager* in See stechen sollte, nahm Tante Hannah vier Kronen aus einem Versteck in der Hütte und ging mit Timothy den Hügel hinunter in Richtung Stadt.

»Ich werd sie dir zurückzahlen, Tante Hannah«, versprach Timothy mit einem Kopfnicken.

»Sind ein Geschenk«, sagte sie im Gehen.

Als sie schließlich in Lilliendahl's, einem Geschäft in der Kronprindsens Gade waren, sagte Hannah würdevoll: »Ich hätte gerne Schuhe für meinen Sohn.«

»Sein erstes Paar?« fragte der Verkäufer, der Bescheid wußte.

Hannah zuckte mit den Schultern und sagte nichts.

Der Verkäufer maß Timothys linken Fuß und machte eine Bemerkung, daß er ziemlich groß sei. Er hatte recht. Timothy *war* groß für sein Alter. Dann nahm der Verkäufer ein Paar braune Schuhe aus dem Regal und brachte sie Hannah und Timothy.

»Bestes Rindsleder, aus Kopenhagen«, sagte der Verkäufer.

Timothy kamen sie vor, als wären sie aus purem Gold und kämen direkt vom Himmel. Auch wenn er Tante Hannah nie davon erzählt hatte, so hatte er sich oft überlegt, wie es wohl sein mochte, wenn man ein Paar Schuhe besaß. Die *Bukra*-Jungen hatten alle Schuhe, auch wenn sie sie nicht immer anzogen.

Der Verkäufer schob ihm den rechten Schuh über den Fuß und sagte: »Jetzt steh auf und geh ein wenig damit herum.«

Timothy sah lächelnd hinüber zu Tante Hannah, die ihm aufmunternd zunickte.

Der Schuh drückte ein bißchen, aber Timothy dachte, das müsse so sein. Er ging in dem Geschäft herum und grinste dabei ständig Tante Hannah an. *Sein erster Schuh!*

»Dann wollen wir mal den linken probieren«, sagte der Verkäufer, und Timothy setzte sich wieder.

Kurz darauf ging er mit beiden Schuhen an den Füßen im Kreis um Tante Hannah herum. Sein glückliches Grinsen war ihr Belohnung genug für diesen Tag. Sie zahlten und verließen den Laden.

Auf halbem Weg den Hügel hinauf sagte Timothy, dessen Grinsen mittlerweile verflogen war: »Mit tun die Füße weh, Tante Hannah.« Er zog die Schuhe aus und bemerkte entsetzt, daß er sich bereits einige Blasen gelaufen hatte.

Tante Hannah lachte und setzte sich neben dem Weg auf die Erde. »Gib mir die Schuhe«, sagte sie. Timothy hockte sich neben sie und sah zu, wie sie die Schuhe bog, um sie geschmeidiger zu machen. »Du mußt Geduld haben mit deinen Füßen. Die sind nun mal keine Schuhe gewohnt.«

Als sie ein paar Minuten später ihren Weg fortsetzten, lief Timothy wieder barfuß, aber kurz bevor sie die Hinterstadt erreichten, zog er die Schuhe wieder an. Schließlich sollte sie jedermann in der Hüttensiedlung zu sehen bekommen.

———

Der Gedanke daran, daß er im Morgengrauen an Bord der *Amager* gehen würde, ließ Timothy keinen Schlaf finden. Er wußte, daß er Tante Hannah und die Hinterstadt erst nach Monaten wiedersehen würde. Obwohl ihm das ein hohles Gefühl im Magen bereitete, lächelte er in der Dunkelheit vor sich hin. Am Morgen würde er endlich zur See fahren. Er sah schon vor sich, wie sich über seinem Kopf die Segel an Fock-, Groß- und Besanmast blähten. (Timothy kannte die Namen aller Segel; er hatte sie sich von Matrosen am Kai sagen lassen.) Bald würde er unter dem Kiel der *Amager* das Brausen des Ozeans spüren.

Aber wo er auch hinsegeln würde, er würde Tante Hannah und St. Thomas nie vergessen. Beim Kräutersammeln mit seiner Ziehmutter hatte Timothy die Schönheiten der Insel kennengelernt. Ganz St. Thomas leuchtete vom Rot des Jasmin- und des Feuerbaums und dem Gelb der Röhrenkassien, und so gut wie überall wuchs Hibiskus in einem halben Dutzend verschiedener Farbtöne. Die Luft über der Insel duftete ständig nach Kräutern und Blumen. Das Wasser rings um St. Thomas war warm, blau und kristallklar. Nur an den Riffen, wo sich die Wellen brachen, schäumte es blendend weiß. Weiß schimmerten auch die Strände, die fast alle aus feinstem Sand bestanden. All das würde Timothy in seinem Herzen bewahren, bis er wieder zurückkam.
Noch bevor der erste Esel schrie und der erste Hahn krähte, sogar bevor der erste kanariengelbe Schimmer des Sonnenaufgangs sich im Osten über den Inseln Grass Cay, Thatch Cay und Mariendahl zeigte, stieß Timothy Tante Hannah den Ellenbogen in die Rippen und sagte: »Zeit zum Aufstehen.«
Hannah nickte und rieb sich die Augen. Dann ging sie auf die andere Seite des Tuchs und zog sich ihr Nachthemd aus und Rock und Bluse an.
Draußen hob Timothy den schweren Wasserkessel von dem Holzkohlenhaufen und schob die weiße, pudrige Asche zur Seite, bis er noch ein paar schwach glühende Stücke fand. Zum letzten Mal für lange Zeit erledigte er diese Aufgabe. Nachdem er neue Holzkohle auf die Glut gestreut hatte, füllte er den Kessel mit Wasser und stellte ihn auf die Kohlen. Hannah brauchte das Wasser für den Kräutertee zum Frühstück. Dazu gab es ein paar Scheiben Cassavabrot mit selbstgemachter Orangenmarmelade.
Am Abend zuvor hatte Hannah Timothy geraten, am ersten Tag an Bord die neue Hose und das neue Hemd zu tragen, die sie vor ein paar Tagen im Laden gekauft hatten. So würde er gleich einen guten Eindruck auf den Maat und auf den Kapitän machen. Für die paar Sachen, die er mit an Bord nahm, hatte Tante Hannah ihm einen leeren Jamswurzelsack besorgt. Während das Wasser kochte, zog

Timothy sich um. Unten am Hafen würde er auch seine Schuhe anziehen, um dem Maat zu zeigen, daß er welche besaß.
Bald brachen Hannah und Timothy auf und machten sich schweigend auf den Weg zum Hafen, der im trüben Licht unter den tiefliegenden Wolken kaum zu sehen war. Ganz St. Thomas lag noch im Dämmerdunkel, aus dem nur ab und zu ein Feuer hervorleuchtete, an dem sich jemand sein Frühstück kochte.
Am westlichen Ende des Hafens blieb Timothy stehen und zog sich seine Schuhe an. Er rieb sich die Blasen an seinen Füßen mit Tante Hannahs Salbe ein. So konnte er die Schmerzen aushalten, bis er an Bord des Schiffes war.
Tante Hannah, die den ganzen Weg von der Hinterstadt bis hierher geschwiegen hatte, sagte: »Ich werde beten, damit der Herrgott dich beschützt. Und du tust das auch.«
Timothy nickte, aber seine ganze Aufmerksamkeit richtete sich nach vorn, wo sich am östlichen Teil des Kais der Liegeplatz der *Amager* befand. Obwohl sie erst das fünfte Schiff in der Reihe war, hätte er eigentlich ihre hohen Masten im grauen Morgenlicht längst sehen müssen. Aber er sah sie nicht.
Trotz der Schmerzen an seinen Füßen beschleunigte Timothy seine Schritte. War sie etwa schon ausgelaufen? Die Brust wurde ihm so eng, daß er glaubte, keine Luft mehr zu bekommen. Er fing an zu rennen.
»Ich kann sie nicht sehn!« rief er verzweifelt nach hinten zu Tante Hannah. Er hatte Panik in der Stimme, und sie beeilte sich, ihm zu folgen.
Schließlich erreichte Timothy den Liegeplatz der *Amager*. Er war leer. Timothy konnte es zunächst nicht fassen, aber als er keuchend nach Süden blickte, sah er die Masten und den weißen Rumpf des Schiffes weit draußen zwischen Hassel Island und Rupert Rock. Die *Amager*, die am Schlepptau der *Glory* hing, des einzigen Dampfschleppers im ganzen Hafen, blitzte in den spärlichen Strahlen der eben aufgehenden Sonne. Timothy wußte, daß die *Amager* gleich die Segel setzen würde.

Er fühlte sich wie vor den Kopf gestoßen. *Sie waren ohne ihn ausgelaufen!* Er war zu spät dran.

»Da ist sie«, sagte er mit hoher, hilflos klingender Stimme zu Tante Hannah, die ihn schnaufend eingeholt hatte. »Die haben mich einfach dagelassen ...«

»Vielleicht kann ein anderes Boot sie ja noch einholen«, sagte Tante Hannah schwer atmend.

»Das hätte keinen Sinn«, ließ sich auf einmal eine Stimme hinter ihnen vernehmen.

Timothy und Tante Hannah drehten sich um.

Der Eigner der Schaluppe, die neben der *Amager* gelegen hatte, ein Kapitän, der Timothy kannte, sagte mit ruhiger Stimme: »Gestern hat ein *Bukra*-Junge bei ihnen angeheuert ...«

Timothy ließ seinen Sack fallen und stand wie angewurzelt da. Auch wenn er die Augen noch so fest zusammendrückte, konnte er seine Tränen nicht zurückhalten.

Er hörte, wie Tante Hannah sagte: »Du wirst bestimmt ein anderes Schiff finden.« Aber ihre Worte waren kein Trost für ihn. Er fühlte sich ausgepumpt und wie erschlagen.

Ein weißer Junge hatte seine Stelle bekommen. Hatte er das Bett des Kapitäns nicht ordentlich genug gemacht? Hatte er das Messing nicht richtig poliert? Hatte die Badewanne nach dem Probeputzen nicht genügend geglänzt?

»Nun komm schon, Timothy, laß uns heimgehen«, sagte Tante Hannah.

Timothy warf noch einen Blick auf die *Amager*, deren Heck gerade hinter der Insel vor Cowell's Point verschwand, und nickte.

Dann zog er die Schuhe wieder aus und klemmte sie sich unter den Arm. Tante Hannah sagte ihm, er solle aufrecht gehen und seine Schultern gerade halten.

7

Curaçao

Ich war noch nie zuvor in meinem Leben geflogen und hätte doch so gerne durch weiße Wattewolken hinab aufs Karibische Meer geschaut, auf dem vielleicht gerade ein Schiff oder ein Segelboot seine Schaumspur durchs blaue Wasser zog. Aber statt dessen hörte ich nur das laute Brummen der beiden Motoren, fühlte die Vibrationen des Flugzeugrumpfes und verspürte ab und zu einen Stoß, von dem es mir flau im Magen wurde.

Seit ich wieder zurück in der Zivilisation war, wurde mir von Tag zu Tag schmerzlicher bewußt, wie wichtig das Augenlicht war. Für mich machte es keinen Sinn mehr, aus einem Fenster zu blicken oder in einen Spiegel zu schauen. Nicht einmal die eigene Hand konnte ich vor Augen sehen. Ich war ein Gefangener der Dunkelheit.

Über das Brummen der Motoren hinweg hörte ich meiner Mutter zu, die mir den ganzen Flug über erzählte, was sie in den vergangenen sechs Monaten erlebt hatte. Seit sie mein Krankenzimmer in Panama betreten hatte, hatte sie praktisch pausenlos auf mich eingeredet. Später erzählte mir mein Vater, daß sie sich mir gegenüber schuldig fühlte.

»Oh, Phillip, ich habe dir ja noch gar nicht erzählt, daß ...«

Ein paar Stunden später drückte ich Stew fest an die Brust und stieg die Leiter der DC 3 hinunter aufs Rollfeld. Mein Vater hielt mich am Arm und half mir dabei.

Trockene Wüstenhitze schlug uns entgegen, die so ganz anders war als das Klima auf der Insel oder die feuchte Schwüle in Panama. Immer, wenn die kräftige Brise aus dem Nordosten für ein paar Stunden nachließ, legte sich schwerer Ölgeruch von der Raffinerie in Emmastad auf die Insel, so daß die Menschen sich die Nase zuhalten mußten. An solchen Tagen roch Willemstad nicht nur schlecht: es stank. Aber heute störte mich der beißende Geruch nicht im geringsten. *Du bist daheim, daheim und in Sicherheit,* sagte ich mir.

Im Krankenhaus hatte ich mehrmals mit gemischten Gefühlen daran gedacht, wie es wohl sein würde, wenn ich nach Hause kam und nichts sehen konnte. Wie konnte ich als Blinder mit unserer kleinen Jolle im Schottegat segeln, dem inneren Hafenbecken? Wie sollte ich am Strand von Avila zum Fischen gehen? Wie allein zum Schonerkai gehen? Und wie sollte ich auf der Insel herumstreifen, wie ich es vor meinem Unfall oft getan hatte?

»Hat sich hier etwas verändert?« fragte ich meine Eltern. Es war eine dumme Frage, denn die Dinge änderten sich fast stündlich auf Curaçao.

»Jeden Tag haben wir mehr Schiffe im Hafen. Vor vier Tagen lief ein Konvoi mit einundzwanzig Tankern aus. Die Alliierten wollen, daß wir die Produktion von Flugbenzin verdoppeln«, sagte mein Vater.

Auf dem Zerstörer hatte man mir erzählt, daß deutsche U-Boote nach wie vor die westindischen Gewässer unsicher machten, auch wenn es nicht mehr so viele waren wie im Winter und zu Frühlingsanfang. Immer wieder gelang es ihnen, das eine oder andere Schiff zu versenken.

Als wir die Paß- und Zollkontrollen hinter uns hatten und zum Taxi gingen, führte mein Vater mich am Ellenbogen.

Das hatte auch Timothy in den ersten paar Wochen auf der Insel getan, bis ich gelernt hatte, mich mit Hilfe eines Stockes allein zurechtzufinden.

»Auf den Straßen sieht man jetzt Matrosen aus aller Herren Länder. Du wirst fünf oder sechs verschiedene Sprachen hören«, sagte meine Mutter.

Ich wollte schon sagen, daß ich gerne jetzt gleich in die Breedestraat gehen und mir dort die Seeleute anschauen würde, aber dann erinnerte ich mich daran, daß es mit dem *Anschauen* nichts werden würde. Manchmal vergaß sogar *ich*, daß ich blind war.

In der Breedestraat, der Haupteinkaufsstraße von Curaçao, war ich bestimmt schon tausendmal gewesen. Am liebsten ging ich ins Kaufhaus von Pinto und Vinck, aber ich mochte auch das Yellow House oder das Textilgeschäft von Arnold Valencia. Am Eingang zu Pinto and Vinck hing ein Plakat mit einem hübschen Mädchen drauf: *Ik Gebruik Pepsodent Tandpasta* (Ich verwende Pepsodent-Zahnpasta). Darunter, zu Füßen des Mädchens stand: *U Ook?* (Du auch?) Ich fragte mich, ob dieses holländische Plakat noch immer dort hing.

Wenn ich jetzt in die Innenstadt wollte, würde jemand mich über die Königin-Wilhelmina-Zugbrücke an der Waaigat führen müssen. Bestimmt würde es ziemlich lange dauern, bis ich mich hier allein zurechtfinden konnte.

Auf der Insel hatte ich mich oft gefragt, was schlimmer wäre: blind geboren zu sein oder sein Augenlicht verloren zu haben. Rasch war ich zu dem Schluß gekommen, daß es am schlimmsten sein mußte, blind geboren zu werden. Dann hätte man ja nie einen Vogel, nie den Himmel, die Sonne oder den Mond gesehen. Nicht einmal für kurze Zeit.

Die Fahrt hinaus zu unserem Haus in Scharloo, einem Ort in der Nähe der Raffinerie, dauerte normalerweise zwanzig Minuten. Curaçao ist nur einundsechzig Kilometer lang und mißt an seiner breitesten Stelle zwischen der Jan-Thiel-Bucht und der Playa Canao nicht einmal fünfzehn Kilometer. Ich erinnerte mich noch gut, wie es entlang der Straße ausgesehen hatte. Hier und dort gab es die bizarren, vom Wind geformten *Divi-divi* Bäume und dazu noch jede Menge Kakteen und Manzinellabäume und -büsche.

Viele Leute sind der Meinung, daß es auf jeder Insel in der Karibik viele Kokospalmen, dichten Dschungel und lange, weiße Sandstrände geben muß. Curaçao aber ist felsig und hat ein eher wüstenartiges Klima, in dem viele Kakteen wachsen. Die paar Palmen, die es auf der Insel gibt, hat man per Schiff aus Südamerika gebracht. Unsere Strände waren klein und ihr Sand alles andere als fein. Es gab nicht viel Regen, und wenn ein Tanker die Insel anlief, dann brachte er Trinkwasser als Ballast mit.

»Na, wie geht es dir?« fragte mich der Taxifahrer auf englisch mit starkem kreolischem Akzent. Sobald er den Mund aufmachte, wußte ich, daß er ein Insulaner war.

Er hatte offenbar schon von mir gehört: *Junge aus Curaçao mit Katze von einsamer Insel gerettet.* Zeitungen und Rundfunk hatten von der Rettungsaktion berichtet, und im Krankenhaus hatte mich sogar ein Reporter von der Nachrichtenagentur Associated Press interviewt. Auch das *Time*-Magazin hatte angerufen.

»Danke, mir geht es gut«, antwortete ich.

Als wir losfuhren, streichelte ich Stew, der spürbar nervös war. Nun würde er sich abermals an eine völlig neue Umgebung gewöhnen müssen.

»Das freut mich«, sagte der Fahrer.

Wenn sie unter sich waren, sprachen die Inselbewohner normalerweise Papiamentu, eine Mischung aus Spanisch, Portugiesisch, Holländisch, Englisch und Französisch mit einem guten Schuß afrikanischer Sprachen, die noch auf die Zeit der Sklaverei zurückgingen. Papiamentu sprach man nur auf Curaçao und den beiden Nebeninseln Aruba und Bonaire, die ebenfalls zu den Niederländischen Antillen gehörten.

Ein paar Worte kannte ich davon. *Ayo* hieß »Auf Wiedersehen« und *Mashi danke* hieß »Danke«.

»So, wir sind da«, sagte meine Mutter, als das Taxi vor unserem Haus anhielt. Mein Vater machte einen Witz über mein Gepäck, denn ich hatte nichts bei mir außer Timothys Messer und den Kleidern, die ich am Leib trug und die wir erst am Abend zuvor in Panama City gekauft hatten.

Unser kleines, mattgrün gestrichenes Haus hatte weiße Stuckverzierungen und ein rotes Ziegeldach. Es befand sich am Nordrand von Scharloo und lag hinter den alten Herrenhäusern, in denen die reichen Kaufleute wohnten. Die Mineralölgesellschaft bezahlte unsere Miete.

Mit Stew noch immer im Arm, sagte ich: »Ich möchte versuchen, ob ich allein zurechtkomme«, und ging über den unebenen Gehsteig auf das eiserne Gartentor zu. Als ich es öffnete und weitergehen wollte, kam ich ins Stolpern und fiel hin. Stew sprang laut miauend von meinem Arm. Ich hatte die kleine Stufe vor dem Tor total vergessen.

»Bist du okay?« fragte meine Mutter und legte mir eine Hand auf die Schulter.

Ich krabbelte auf Händen und Knien herum und war sauer auf mich selbst. »Ja«, sagte ich. Auf der Insel war ich bestimmt ein paar hundertmal hingefallen, aber im weichen Sand hatte es nicht so weh getan wie auf dem Betonweg vor unserem Haus.

An die vier Stufen hinauf zur Haustür erinnerte ich mich gut und schaffte es daher ohne Probleme bis in unser Wohnzimmer. Links von mir, an der linken Wand, führte eine Treppe hinauf in den ersten Stock, in dem sich mein Zimmer befand. Direkt vor mir mußte der Durchgang ins Eßzimmer sein, von dem aus man in eine kleine Küche gelangte.

Langsam kam mir die Erinnerung an die Gerüche und Geräusche des spitzgiebeligen Hauses wieder – besonders an die Geräusche: knarzende Bodenbretter, das Schwirren der mit Holzblättern versehenen Deckenventilatoren, das Klingen des Windspiels draußen vor der Hintertür. *Ja, ich war zu Hause.*

Obwohl ich glaubte, den Platz eines jeden Möbelstückes genau zu kennen, fiel ich gleich zu Anfang über den niedrigen Couchtisch vor dem Sofa. Nachdem ich mich wieder aufgerappelt hatte, hatte ich die Orientierung verloren und stieß gegen einen der Polstersessel an der Rückwand des Wohnzimmers. Dabei warf ich auch gleich die Stehlampe daneben um.

Plötzlich kamen mir die Tränen. Das letzte Mal hatte ich geweint, als sich am Tag meiner Rettung das Geräusch des Suchflugzeugs wieder von meiner Insel entfernt hatte.

Ich spürte, daß meine Eltern mich beobachteten, und fuhr sie an: »Hört endlich auf, mich ständig anzuglotzen!«

»In Ordnung«, sagte mein Vater ruhig.
Ich konnte mir gut vorstellen, wie lächerlich ich mit meinen herumtastend ausgestreckten Armen und meinem verheulten Gesicht aussehen mußte, und war wütend auf meine Blindheit.
»Meinst du, daß du dir mit einem Stock leichter tätest?« fragte meine Mutter.
Ich seufzte und nickte.
»Dann werden wir dir noch heute nachmittag einen besorgen«, sagte mein Vater.
Und so taperte ich unter den Augen meiner Eltern wie ein alter Mann im Haus herum. Bisher waren die einzigen beiden Lebewesen, die mich so gesehen hatten, Timothy und Stew gewesen.
»Laßt mich einfach für eine Weile allein«, sagte ich und setzte mich in den Sessel, an den ich gerade gestoßen war. »Wo ist Stew?«
Einer von den beiden legte ihn mir in den Schoß.
»Möchtest du etwas trinken?« fragte meine Mutter.
Ich schüttelte den Kopf. Ich fühlte mich in meinem eigenen Zuhause wie ein Fremder.
Sie verließen das Zimmer, und durch die verschlossene Tür konnte ich hören, wie sie in der Küche miteinander sprachen. Ich mußte sie dazu bringen, daß sie mich meine eigenen Fehler machen ließen, damit ich aus ihnen lernen konnte. So, wie Timothy das getan hatte.
Nach einer Weile roch ich gebratenen Speck, und kurz darauf rief meine Mutter mich zum Mittagessen. Ich machte mich auf den Weg ins Eßzimmer, wo ich mich am Tisch entlangtastete, bis ich meinen Stuhl gefunden hatte und mich setzen konnte. So hilflos, wie meine Eltern meinten, war ich also doch nicht.
Auf der Insel hatte Timothy mir mein Essen – Fisch, Languste, Kokosnuß oder gekochte Seetraubenblätter – auf eine angeschwemmte Planke gelegt. Natürlich hatten wir mit den Fingern gegessen. Die Schwestern im Marinekrankenhaus hatten mir beigebracht, wie ich auch als Blinder eine Gabel benützen konnte. Außerdem hatte ich immer raten müssen, was auf meinem Teller war. Das war so eine Art Spiel zwischen uns gewesen.

Meine Eltern hatten mich am Abend zuvor essen sehen. Ich hatte sie gewarnt, daß es eine ziemlich unsaubere Angelegenheit werden würde.
»Ich habe dir eine deiner Leibspeisen gemacht.« Ein Sandwich mit Speck, Salatblatt und Tomate. »Und dazu einen Reispudding mit Rosinen. Zum Nachtisch gibt's Eiskrem und Schokoladenplätzchen.«
Ich war mir sicher, daß auch Timothy mir beim Essen zugeschaut und gesehen hatte, wie mir Speisebrocken aus dem Mund auf die Brust gefallen waren. Aber er hatte nie ein Wort darüber verloren.
»Hoppla, da ist dir ein Stück Speck heruntergefallen«, sagte Mutter.
»Ich hebe es gleich auf«, sagte ich und hätte am liebsten losgeschrien. Es lag auf meinem Schoß.
Meine Mutter setzte sich neben mich und sagte: »Kurz bevor wir nach Panama geflogen sind, hat Henrik angerufen. Er hat von deiner Rettung im Radio gehört und konnte kaum glauben, daß du noch am Leben bist.«
Das war typisch Henrik van Boven. Er war immer schon schwer von etwas zu überzeugen gewesen. Auf der Insel hatte ich ein paarmal an ihn gedacht.
»Er ist ein wirklicher Freund«, sagte mein Vater. »Daß du vermißt wurdest, hat er sich sehr zu Herzen genommen.«
»Henrik will wissen, wann er dich einmal besuchen kann«, sagte Mutter.
Ich zögerte. Ich war noch nicht soweit, daß ich mit Henrik hätte sprechen können. Ich hätte ihm bestimmt haarklein erzählen müssen, wie ich jede Sekunde, Minute und Stunde seit vergangenem April zugebracht hatte.
»Laß mich erst einmal einen Termin mit der Klinik vereinbaren«, sagte mein Vater.
Ich nickte. Meine Eltern hatten mit den Marineärzten in Panama über meine Erblindung gesprochen und wollten jetzt, daß ich von einem Arzt auf Curaçao untersucht wurde.
Das Sandwich schmeckte toll; das letzte dieser Art hatte ich vor

vielen Monaten hier an diesem Tisch gegessen. Es kam mir vor, als wäre es in einem gänzlich anderen Leben gewesen. Einem Leben, in das ich nie wieder zurückkehren würde.
Nach dem Essen tastete ich mich die Treppe hinauf und dachte daran, wie ich früher oft zwei Stufen auf einmal genommen hatte, egal, ob hinauf oder hinunter. Dann ging ich in mein Zimmer, das sich gegenüber dem Schlafzimmer meiner Eltern befand.
In meinem eigenen Zimmer fühlte ich mich sicherer, denn hier wußte ich wirklich, wo alles war: das Bett, der Schreibtisch, die Schränke, die Bücherregale. Meine Eltern hatten mir gesagt, daß sie hier seit dem Tag, an dem ich mit der *Hato* in See gestochen war, nichts verändert hätten.
Ich befühlte meine Möbel und Gegenstände. Alles war an seinem Platz, so, wie sie es gesagt hatten.
Ich setzte mich auf die Bettkante und überlegte, was ich mit mir anfangen sollte. Dann hörte ich einen Plumps und spürte, wie Stew sich schnurrend an meinem Bein rieb. Er kam sich wohl genauso verloren vor wie ich.
»Können wir dir irgend etwas bringen?«
Meine Mutter war anscheinend hinter mir her nach oben gekommen. Ich fragte mich, ob sie auch in Zukunft vorhatte, mir überallhin zu folgen.
Ich schüttelte den Kopf und drehte ihn in die Richtung der offenen Tür.
Am ersten Tag und in der ersten Nacht zu Hause hatte ich ein Gefühl, als ob ich nicht hierher gehörte. Auf der Insel hatte ich immer jede Menge zu tun gehabt, um mich am Leben zu erhalten. Jeder Handgriff war wichtig gewesen und hatte einen Sinn gehabt. Hier aber fühlte ich mich nutzlos und überflüssig.
In der Nacht wachte ich auf und vermißte das Rascheln des Windes im mit Palmenwedeln gedeckten Hüttendach. Ich vermißte das Geräusch der sanften Brandung. Und ich vermißte Timothy.
Da lag ich nun in meinem eigenen Bett und war endlich in Sicherheit. Und dennoch wünschte ich, ich wäre nicht hier.

»Was mache ich bloß falsch?« fragte ich Timothy.
Er gab mir keine Antwort.

Tags darauf kam Henrik van Boven zu Besuch. Auch er war, seit ich ihn das letzte Mal gesehen hatte, ein Jahr älter geworden und war jetzt ebenfalls zwölf. Ich saß mit Stew auf den Stufen vor der Haustür und erwartete ihn.

Henrik hatte auf mich immer ausgesprochen holländisch gewirkt. Er hatte strohblondes Haar, ein rundliches Mondgesicht und einen eher vierschrötigen Körper. Die van Bovens wohnten sieben Straßen weiter. Henriks Vater war als Direktor der Stadtwerke für praktisch alles im Ort zuständig, und Henrik versuchte manchmal den Eindruck zu vermitteln, als ob er das ebenfalls wäre. Trotzdem mochte ich ihn, und wir hatten schon eine Menge miteinander erlebt.

Ich hörte das Gartentor quietschen, und fast im selben Moment sagte Henrik: »Du siehst ja ganz anders aus.«

Das war kein Wunder, denn ich war immer noch sonnenverbrannt.

»Und du bist blind.«

Als ob ich das nicht selber wüßte!

Ich lachte und sagte: »Hi, Henrik.«

»Du bist blind! Das hat in der Zeitung gestanden. Blind! Ist das die Katze?« Henrik war immer noch der alte. Er wollte alles ganz genau wissen.

Ich beantwortete beide Fragen mit »Ja«.

Inzwischen war er bis auf einen Meter an mich herangekommen. Seiner Stimme nach zu urteilen stand er rechts von mir. »Wirst du denn für immer blind bleiben?«

»Ich hoffe nicht.«

»Okay. Dann erzähl doch mal.«

»Du hast doch schon alles in den Zeitungen gelesen.«

»Die lassen aber immer das wirklich Interessante aus.«

Während ich Henrik von der Torpedierung der *Hato* und der Zeit auf dem Floß erzählte, überlegte ich mir, daß es am besten wäre, die ganze Geschichte aufzuschreiben und jedem, der sie wissen wollte, in die Hand zu drücken. Die meisten Leute stellten sich einen Schiffbruch so romantisch vor wie in dem Roman *Robinson Crusoe*.

Als ich Henrik von Timothy erzählte, fragte er: »Warum hat er dich ›junger Boß‹ genannt?«

»Das war bloß so eine Angewohnheit der Schwarzen auf seiner Insel, die noch aus der Sklavenzeit stammt. Er sagte, daß er fast alle weißen Männer ›Boß‹ nannte anstatt ›Mister‹, ohne erst lange drüber nachzudenken ...« Ich wußte, daß Timothy all diese Männer niemals als ihm überlegen betrachtet hatte. Es war nichts weiter als eine westindische Redensart. »Als wir dann Freunde wurden, bat ich ihn, mich Phillip zu nennen.«

Sogar jetzt glaubte ich sein melodisches »Phillip« hören zu können. Ich redete mit Henrik, bis er zum Abendessen nach Hause mußte.

Auch in dieser Nacht schlief ich nur schlecht. Meine Gedanken kehrten immer wieder zu jenen ersten Stunden auf dem Floß zurück, als ich gerade das Bewußtsein wiedererlangt hatte.

Am besten war mir noch im Gedächtnis, daß Timothy sich geweigert hatte, mir mehr als drei kleine Schlucke Wasser zu geben. Damals hatte ich ihn dafür richtiggehend gehaßt.

Als ich endlich einschlief, hatte ich einen Alptraum. Ich sah die *Hettie Redd* vor mir, einen Schoner, mit dem Timothy einmal in einem schweren Sturm vor Antigua Schiffbruch erlitten hatte. Timothys Beine hatten sich in der Takelage des gekenterten Schiffes verfangen, so daß er jämmerlich ertrinken mußte.

Mit wild klopfendem Herzen wachte ich auf. Timothy und ich hatten auf der Insel viel über den Untergang der *Hettie Redd* und ein hübsches, grünäugiges Mädchen namens Jennifer Rankin gesprochen.

Schon als ich nach Timothys Tod allein auf der Insel gewesen war, hatte ich oft von ihm geträumt. Jetzt kamen diese Träume auch zu Hause in Curaçao.

8

Sklavenschicksal

Oktober 1884. In der nächtlichen Stille der Hinterstadt lag Timothy auf seiner Schlafmatte und fragte Tante Hannah, warum die *Bukras* ihn nicht mitgenommen hatten. Die Geschichte mit der *Amager* war ihm den ganzen Tag über schwer im Magen gelegen. So enttäuscht war er in seinem ganzen Leben noch nicht gewesen. Seit dem frühen Morgen hatte er nicht gewußt, was er mit sich anfangen sollte. Ziemlich lange hatte er sich in Upper John und Dunko herumgedrückt, nur um möglichst weit weg von der Hinterstadt und dem Hafen zu sein und nicht gefragt zu werden: »Was tust denn du noch hier, Junge? Ich dachte, du wärst schon längst auf hoher See.«

Gegen Mittag war er dann nach Hause gegangen und hatte schweigend vor sich hin gebrütet, bis Tante Hannah ihn zu einem Herrenhaus an der Frenchman Bay Road mitgenommen hatte, wo sie frisch gebügelte Wäsche abliefern mußte. Obwohl sie auf einem Teil des Rückweges ein freundlicher Mann auf seinem Eselskarren mitgenommen hatte, wurde es schon dunkel, als sie wieder in die Hinterstadt kamen.

Bis er im Bett lag, hatte Timothy die *Amager* mit keinem Wort erwähnt. Das Schiff war jetzt schon mehr als zwölf Stunden draußen auf See. Auch Tante Hannah hatte es tunlichst vermieden, ihn auf die Sache anzusprechen. Jetzt fragte er nach der *Amager.*

»Das kann ich dir auch nicht so genau sagen«, antwortete sie und seufzte.

Eine Möwe ließ sich auf dem Dach der Hütte nieder, raschelte mit den Krallen in den Palmwedeln und ließ einen heiseren Schrei hören.

Timothy starrte hinauf zum Dach und ärgerte sich darüber, daß die Möwe dort oben herumkletterte und ihn beim Nachdenken störte. Dann fragte er Tante Hannah, ob sie ihn nicht mitgenommen hätten, weil er schwarz war. Den ganzen Tag über hatte er sich gefragt, ob das der Grund dafür war, daß man ihn nicht mitgenommen hatte.

»Kann sein.« Timothy hörte einen weiteren tiefen Seufzer, der von sehr weit her zu kommen schien. Vielleicht vom Golf von Guinea an der afrikanischen Sklavenküste. »Aber das ist eine ganz alte Geschichte und hat nichts mit dir persönlich zu tun.«

Tante Hannah sprach mit Timothy nur selten über ihre Vergangenheit als Sklavin. Vermutlich, so dachte er, erinnerte sie sich nicht gerne daran.

Die Palmwedel auf dem Dach raschelten, weil die dumme Möwe jetzt darauf herumspazierte.

Timothy stellte sich die Sklavenschiffe ein wenig wie die *Amager* vor – von außen hübsch anzusehen, aber in ihrem Inneren voller Grauen und Tod.

Er wartete geduldig.

Hannah war lange still, aber dann fing sie an zu sprechen. Über eine Stunde lang erzählte sie Timothy die schlimme Geschichte der Sklaverei.

Die Schiffe, auf denen die Sklaven von Afrika in die Neue Welt verschleppt wurden, kamen aus Amerika und England, aus Frankreich und Holland, aus Dänemark, Portugal, Spanien und Italien. Mit dem Verkauf von Menschen war jahrhundertelang viel Geld zu machen.

Die Schiffe hatten Töpfe und Pfannen an Bord, Werkzeuge und Gewehre, bunte Tuchballen, billigen Schmuck und Flaschen mit Parfüm. All das tauschten die Sklavenhändler bei den afrikanischen Häuptlingen gegen lebende schwarze Menschen ein. Die ersten Schiffe holten ihre Fracht an der Pfefferküste, der Goldküste oder der Elfenbeinküste, an Landstrichen Westafrikas, die bald die Sklavenküsten genannt wurden.

Timothy hörte zu und wollte es einfach nicht begreifen, wie man Menschen gegen Töpfe und Pfannen eintauschen konnte.
Auf St. Thomas kamen die ersten hundert Sklaven 1673 an, fast zwei Jahrhunderte bevor Timothy geboren wurde. Die Dänen hatten sie dem König von Aquambon an der Goldküste als Arbeiter für ihre Kolonien in Westindien abgekauft. Danach war St. Thomas sogar eine Zeitlang der bedeutendste Sklavenhafen in der Neuen Welt, sagte Tante Hannah.
Die Möwe kratzte an den Palmwedeln herum.
Tante Hannahs Mama und Papa, beide aus dem Stamm der Ashanti, waren in Ketten aus ihrer Heimat Kade verschleppt worden. Sie waren nackt und mußten lange in der sengenden Hitze marschieren, aber glücklicherweise waren sie jung und stark und blieben am Leben. Andere, sagte Tante Hannah, brachen auf dem Marsch zusammen und starben. Den Leichen nahm man die Ketten ab und ließ sie als Fraß für die wilden Tiere liegen.
Timothy hörte ihr zu und stellte sich vor, wie verängstigt Tante Hannahs Mama und Papa gewesen sein mußten. Die Möwe kratzte schon wieder am Dach, und Timothy war nahe daran, nach draußen zu gehen und mit etwas nach ihr zu werfen.
Timothy hatte schon häufig gehört, daß die Schiffsreise über den Atlantik eine Qual für die Sklaven gewesen sein mußte. Wie schrecklich sie aber in Wirklichkeit war, erfuhr er erst jetzt.
Tante Hannah erzählte, daß man die Sklaven, von denen viele noch immer nackt waren, in diesen »schwimmenden Särgen« auf dem Rücken liegend unter Deck angekettet hatte, während sich die Kühe und Schweine, die man zur Versorgung mit Frischfleisch an Bord hatte, in ihren Ställen frei bewegen durften. Auf der langen Überfahrt machten sich die Sklaven Mut, indem sie rebellische Lieder in ihrer Sprache sangen, die die weißen Wachen nicht verstehen konnten.
Die Möwe schrie noch einmal *Cha-cha-chi* und flog endlich woandershin.
In der weichen Dunkelheit stellte sich Timothy die Schiffe vor, die

der Wind in ihren großen, weißen Segeln nach Westen trieb und die bei allem Elend unter Deck so hübsch und friedlich aussahen. Wenn die Schiffe St. Thomas erreichten, erzählte Tante Hannah, war oft die Hälfte der Sklaven tot. Die Leichen hatte man einfach über Bord geworfen, wo die Haifische sie gefressen hatten.
»Und was passierte mit denen, die die Reise überlebt haben?« wollte Timothy wissen.
Hannah seufzte wieder. »Die *Bukras* haben sie herausgefüttert und vom Doktor behandeln lassen, damit sie sie besser als Arbeitssklaven verkaufen konnten.«
Ihr Papa starb neun Jahre, nachdem man ihn nach St. Thomas gebracht hatte, im Alter von einunddreißig Jahren. Ihre Mama lebte noch fünf Jahre länger. »Ich habe neben ihr gearbeitet, als sie eines Tages beim Zuckerrohrschneiden einfach umfiel. Und Papa starb, als er neue Pflanzlöcher grub.«
Timothy fragte, ob sie da immer noch in Ketten waren.
Tante Hannah lachte freudlos. »Nein, Timothy. Nein. Wohin hätten sie schon fliehen sollen?«
»Und sie wurden nie befreit?« wollte er wissen.
»Sie starben noch vor der Sklavenbefreiung«, antwortete Tante Hannah.
Sie hatte Timothy schon vor vielen Jahren ihre mit Muscheln geschmückten Gräber auf der Alborg-Plantage gezeigt und ihm erzählt, daß Master Alborg ein besserer Herr gewesen sei als die meisten anderen. Trotzdem ging Tante Hannah nur einmal im Jahr auf die Plantage, und zwar an Weihnachten und auch dann nur deshalb, weil Timothy immer eine Tüte mit dänischen Bonbons geschenkt bekam.
Sie seufzte tief und ergriff seine Hand.
»Den Tag, an dem wir unsere Freiheit bekamen, werde ich nie vergessen. Es war der dritte Juli 1848. Am Tag davor hatten wir auf der Plantage einen Riesenkrawall veranstaltet, hatten alle Glocken geläutet und lautstark in Muscheln geblasen, um dem Gouverneur zu zeigen, daß wir endlich unsere Freiheit wollten. Und dann sind

über zweitausend Sklaven drüben auf St. Croix zum Fort Frederick gezogen und haben damit gedroht, die ganze Insel in Brand zu stecken, wenn man sie nicht auf der Stelle freiließ. Der Gouverneur gab nach, und bald darauf kam er auch zu uns und sagte ›Jetzt seid ihr frei …‹.«

Auch wenn es auf der Alborg-Plantage jetzt keine Sklavenhütten mehr gab, hing dennoch das Gespenst der Sklaverei noch immer wie eine böse Wolke über den Zuckerrohrfeldern.

Schließlich sagte Tante Hannah: »Weißt du, Timothy, die Weißen halten uns immer noch für Sklaven, obwohl wir schon lange frei sind. Sie sind der Meinung, daß wir nichts taugen, und solange sie das glauben, sind wir die alten Ketten immer noch nicht los. *Das* ist der Grund, warum der *Bukra*-Junge deine Stelle bekommen hat.«

Es war also *doch*, weil er ein Schwarzer war, nicht deshalb, weil er die Arbeit nicht ordentlich gemacht hatte. Er dachte eine Weile darüber nach, dann fragte er Tante Hannah, ob auch er Sklavenblut in seinen Adern habe.

Tante Hannahs leises Lachen galt ihr selbst ebenso wie ihm. »Jeder Mann, jede Frau und jedes Kind mit schwarzer Haut in der Neuen Welt hat Sklavenblut in den Adern.«

Timothy fragte, wieso die Schwarzen anders redeten als die *Bukras.*

»Auch das geht sehr weit zurück«, antwortete sie.

Die Weißen hatten Schwarze aus über fünfundzwanzig verschiedenen Stämmen nach St. Thomas gebracht, von denen viele verschiedene Sprachen sprachen. Um sich untereinander verständigen zu können, hatten sie langsam immer mehr Wörter der Weißensprache verwendet. »Und dieses Gemisch nennt man jetzt Pidgin-Englisch«, sagte Tante Hannah.

Timothy lag noch lange wach und dachte darüber nach, was es wohl bedeutet haben mochte, ein Sklave zu sein. Auch wenn er zu jung war, als daß sein Papa oder seine Mama, wer immer sie auch sein mochten, noch Sklaven gewesen sein konnten, fühlte er in dieser Nacht genau, wie das Blut der Sklavenküste in seinen Adern floß.

Kein Wunder, daß ihn die Gesänge der Kohlefrauen im Hafen im Innersten berührten.
Kein Wunder, daß es ihn in den Füßen juckte, wenn Tante Hannah am Befreiungstag tanzte und die Wiederkehr des Tages feierte, an dem der Gouverneur sie und die anderen Sklaven freigelassen hatte.
Er spürte, was alles in ihm war, und wußte, daß er es niemals verlieren würde.

9

Die Klinik

Die Ärzte in der Raffinerieklinik kamen alle aus Holland und waren die besten Mediziner auf der ganzen Insel. Sie betreuten sechzehntausend Arbeiter. Mein Vater rief dort an, um einen Termin für mich auszumachen.

»Um zwei Uhr also. Vielen Dank«, sagte er und legte auf.

»Haben die denn auch einen Augenarzt dort?« fragte ich.

»Ja.«

Der Name des Augenarztes war Boomstra, und er interessierte sich zunächst weniger für meine Augen als für das, was mir auf der Insel widerfahren war. Er schien es kaum fassen zu können, daß ich so lange alleine überlebt hatte.

Nachdem er mich zum Röntgen geschickt hatte, untersuchte er mich und summte dabei leise vor sich hin. Er fragte mich, wann genau meine Blindheit eingesetzt habe, und wollte dann von meiner Mutter wissen, ob sie gesehen habe, was mir auf den Kopf gefallen war. Sie konnte ihm dazu nichts sagen.

Timothy hatte gemeint, daß es ein Gegenstand aus dem Rettungsboot gewesen sein mußte, der kurz nach mir herausgefallen war und mich am Hinterkopf getroffen hatte, als ich unter dem schräg in seinen Davits hängenden Boot im Wasser schwamm.

»Hattest du eine Beule?« fragte Boomstra, der Englisch mit einem starken holländischen Akzent sprach. Dem Klang seiner Stimme nach zu schließen war er schon etwas älter, und ich stellte mir vor, daß er weiße Haare, einen weißen Schnurrbart, eine dicke Nase und eine starke Brille hatte.

Ich berichtete, daß einige Tage lang eine große Beule an meinem

Hinterkopf gewesen sei und daß ich schlimmes Kopfweh gehabt hätte.
Schließlich fragte uns der Arzt, ob er offen mit uns reden könne. Er hatte offenbar bemerkt, daß ich kein Kind mehr war. Noch bevor meine Eltern antworten konnten, sagte ich »Ja«.
Der Arzt wählte seine Worte sorgfältig. »Wenn du dein Augenlicht wiedererlangen willst, dann wirst du meiner Meinung nach um einen schwierigen neurochirurgischen Eingriff nicht herumkommen. Allerdings kann niemand garantieren, daß eine solche Operation auch Erfolg haben wird.«
»Keine Garantie?« sagte meine Mutter und schnappte nach Luft.
»Der Sehnerv verläuft genau an der Stelle im Hinterkopf, an der Ihr Sohn getroffen wurde. Ich vermute, daß er durch den Aufprall in Mitleidenschaft gezogen worden ist.«
Mein Herz schlug auf einmal schneller. Bisher war ich noch nie operiert worden außer einmal, als ich acht Jahre alt war. Da hatte man mir die Mandeln herausgenommen. »Sie sagten, es sei eine schwierige Operation ...«
»Jede Operation, bei der der Körper geöffnet werden muß, hat ihre Risiken, Phillip.«
Mein Vater, der immer Realist blieb, fragte: »Und wo sollen wir Ihrer Meinung nach mit Phillip dafür hingehen?«
»Ins Columbia Presbyterian Hospital in New York. Dort gibt es einen Spezialisten, der weltweit einen hervorragenden Ruf für diese Art von Operationen genießt. Er heißt Lars Pohl.«
»Wissen Sie, was dabei genau gemacht wird?« fragte mein Vater.
»Das sollten Sie besser Dr. Pohl fragen.«
»Hat dieser Dr. Pohl denn so eine Operation schon einmal an einem Kind durchgeführt?« fragte meine Mutter mit zittriger Stimme.
Ich fühlte mich gar nicht mehr wie ein Kind.
»Das weiß ich nicht«, antwortete Dr. Boomstra. »Aber Dr. Pohl ist eine wirkliche Kapazität auf seinem Gebiet.«
Nach einer längeren Pause sagte mein Vater: »Wir müssen die Angelegenheit erst einmal in Ruhe besprechen.«

»Das kann ich gut verstehen«, sagte Dr. Boomstra.
Wir bedankten uns bei ihm und fuhren zurück nach Scharloo.
Auf der Heimfahrt dachten wir wohl alle an dasselbe, an das Messer des Chirurgen. Dann sagte mein Vater: »Auch wenn Dr. Boomstra recht hat, so bist trotzdem du es, der die letzte Entscheidung fällen sollte, Phillip. Wir werden dir zwar sagen, was wir darüber denken, aber die Entscheidung können wir dir nicht abnehmen.«
»Wir werden die Meinung anderer Experten einholen«, unterbrach ihn meine Mutter.
»Natürlich«, sagte mein Vater.
»Wo denn?« fragte ich.
»Überall«, sagte meine Mutter. »Andere Ärzte sind vielleicht ganz anderer Meinung als Boomstra. Möglicherweise ist es ja nur eine ganz kleine Operation.«
Oder ich werde nie wieder sehen können, sagte ich.
Tagelang sprachen wir die Sache durch, bis wir uns im Oktober dafür entschieden, nach New York zu Dr. Pohl zu fahren. Mein Vater rief Boomstra an und bat ihn, uns einen Termin mit dem »weltberühmten« Neurochirurgen zu machen.
»Wann fahren wir?« fragte ich.
»So bald wie möglich«, sagte mein Vater. »Aber wir fahren nicht. Wir fliegen.« Es klang wie ein Befehl.
Er kam mir jetzt sehr viel energischer vor als vor dem Untergang der *Hato*. Er ließ sich jetzt nicht mehr von meiner Mutter bevormunden. Allerdings hatte sie auch selbst nichts mehr gegen das Fliegen. Ihr Bedarf an unfreiwilligen Bädern im Meer war ganz offensichtlich gedeckt.
Eine Weile später, nachdem Boomstra ihn zurückgerufen hatte, buchte mein Vater bei der Luftfahrtgesellschaft Pan American Airways für nächste Woche einen Flug für meine Mutter und mich. Weil in dem Flugzeug nur noch zwei Plätze frei waren, konnte er selbst erst zwei Tage später nachkommen. Stew brachten wir in einer Katzenpension unter.

10

New York City

Immer wenn ich New York auf Fotos oder in der Wochenschau gesehen hatte, war es mir ungeheuer aufregend vorgekommen. Wie oft hatte ich im Radio gehört: »Und jetzt bringen wir Ihnen aus unseren Studios in New York ...« und wie oft hatte ich mich danach gesehnt, diese faszinierende Stadt einmal mit eigenen Augen zu sehen. Jetzt, an diesem kühlen Morgen im Oktober, konnte ich sie nur fühlen, hören und riechen.

Es herrschte vormittäglicher Berufsverkehr, und überall um mich herum hörte ich die Schritte vorbeieilender Menschen und Autos, die anfuhren und wieder bremsten und sich wütend anhupten. Als wir über die Gitter der U-Bahn gingen, hörte ich tief unter mir ein metallisches Quietschen und Rumpeln. Auspuffgase drangen mir, gemischt mit Essensgerüchen, in die Nase. Überall war es schrecklich laut, ganz anders als auf meiner Insel.

Als wir noch im verschlafenen Virginia wohnten, träumte ich davon, mit dem Zug nach New York zu fahren. Ich wollte das Rockefeller Center sehen, die Radio City Music Hall und den Times Square bei Nacht. Und dann wollte ich die Fifth Avenue und den Broadway entlangspazieren.

Nun war ich endlich hier, mitten in Manhattan. Wir wohnten im Hotel Commodore in der Forty-second Street, ganz in der Nähe der Central Station.

Am Morgen nach unserer Ankunft ging meine Mutter mit mir in der Innenstadt spazieren. Vermutlich wollte sie mich noch ein wenig zerstreuen, bevor wir mit der U-Bahn zu Dr. Pohl ins Columbia Presbyterian Krankenhaus fuhren. Weil ich ständig von entgegen-

kommenden Passanten angerempelt wurde, klammerte ich mich fest an ihren Arm.
Mutter war schon ein paarmal in New York gewesen, und während wir die belebte Forty-second Street entlanggingen, beschrieb sie mir alles, was sie sah. Als wir die Kreuzung an der Fifth Avenue überquerten, sagte sie: »Schau, da ist einer von diesen großen Doppeldeckerbussen ...«
Wie andere auch, vergaß sie immer wieder mal, daß ich nicht sehen konnte.
Seit dem Nachmittag in der Klinik der Raffinerie hatte ich oft darüber nachgedacht, was der Neurochirurg in New York wohl zu mir sagen *könnte*: »Tut mir leid, Phillip, aber eine Operation wird dir auch nicht helfen.« Dann würde ich auf eine Blindenschule gehen und Blindenschrift lernen müssen. Und mein Leben lang in dieser Dunkelheit bleiben.
Ich war also nicht allzu interessiert an Doppeldeckerbussen. Schließlich trug ich einen großen Umschlag mit den Röntgenaufnahmen aus Curaçao unter dem Arm und war auf dem Weg zu Dr. Pohl, wo sich vielleicht mein ganzes zukünftiges Schicksal entscheiden würde.
Als wir eine steile Treppe zur U-Bahn hinunterstiegen, wurde ich unsicher und ging so langsam, daß ich immer wieder von hinten angerempelt wurde. Die dicke Luft unten im Tunnel erinnerte mich an den Geruch von Batteriesäure. Züge kreischten, und der Bahnsteig zitterte. Ich wollte wieder hinauf auf die Straße.
Die lange U-Bahnfahrt, bei der ich im Sitzen von einer Seite auf die andere schwankte und ständig laute, schrille Geräusche hörte, werde ich mein Leben lang nicht vergessen. Das Schütteln dieses unterirdischen Zuges gefiel mir überhaupt nicht, und ich hoffte, daß wir für die Rückfahrt einen Bus nehmen könnten.
Nach einer halben Stunde waren wir wieder an der Oberfläche und gingen ins Krankenhaus. Dort sagte man uns, daß Dr. Pohl noch im Operationssaal sei, aber daß er ohnehin noch einmal Röntgenaufnahmen von mir machen lassen wollte. »Kann schon sein, daß

die Aufnahmen aus Curaçao in Ordnung sind«, sagte die Schwester, »aber der Doktor will nun mal seine eigenen haben.« Morgen, wenn mein Vater da war, sollten wir wiederkommen, inzwischen könnte sich Dr. Pohl die Aufnahmen ansehen. Die Krankenschwester brachte uns ein Stockwerk tiefer in den Röntgenraum.
Dort sagte mir der Techniker, wie ich meinen Kopf halten sollte, damit er seine Aufnahmen machen konnte. Zwanzig Minuten später standen wir wieder draußen auf der Straße und warteten auf den Bus zurück in die Innenstadt.
Es mochte verrückt sein, aber ich hatte an diesem feuchten, kühlen Tag noch etwas vor. Seit Jahren wollte ich schon aufs Empire State Building hinauf, von dem ich einmal einen Bericht in einer Illustrierten gelesen hatte. Mit seinen über dreihundert Metern und einhundertundzwei Stockwerken war es das höchste Gebäude der Welt. In der Illustrierten hatte gestanden, daß man an einem klaren Tag von dort oben eine überwältigende Fernsicht von bis zu dreihundertfünfzig Kilometern haben sollte.
Als ich meiner Mutter sagte, daß ich hinauf aufs Empire State Building wollte, sagte sie bloß: »Aber Phillip, du kannst doch überhaupt nichts sehen.«
Das wußte ich schon selbst, aber deswegen konnten wir ja trotzdem mit dem Aufzug hinauffahren, und sie konnte mir schildern, was sie alles sah – New Jersey, Brooklyn, Connecticut, die Flüsse und den Ozean. »Ich möchte den Wind spüren«, sagte ich.
»Den Wind spüren? Das ist doch Unsinn, Phillip«, sagte sie.
Ich schwieg einen Augenblick, dann fragte ich: »Hast du denn in deinem Leben noch nie etwas Unsinniges getan?«
»Ich vermeide es, so gut ich kann«, antwortete sie.

In den achten Stock des Hotels Commodore drangen die Geräusche der nächtlichen Straßen nur gedämpft herauf. Nachdem wir zu Abend gegessen hatten, saßen wir in unserem Zimmer und hörten uns die Neun-Uhr-Nachrichten an. Der Sprecher sagte, daß die amerikanischen Marines auf der Insel Guadalcanal im Pazifik eine verzweifelte Abwehrschlacht gegen die Japaner schlugen. Der Krieg war einfach überall.

Meine Mutter schaltete das Radio ab, und bald darauf hörte ich, wie sie die Nachttischlampe ausknipste. Dann wünschte sie mir eine gute Nacht.

Ich sagte ebenfalls Gute Nacht, dachte eine Weile nach und sagte dann: »Ich möchte zurück auf die Insel.«

Ich war mir sicher, daß sie ein ziemlich mißtrauisches Gesicht machte. »Zurück auf diese Insel? Ich dachte, du würdest sie niemals wiedersehen wollen.«

»Ich habe sie nie gesehen, Mutter. Ich konnte es nicht. Deshalb will ich dorthin zurück – wenn mit der Operation alles gutgeht.«

»Das meinst du doch nicht ernst!«

»Doch. Ich möchte auf der Insel herumgehen und sehen, wo unsere Hütte war. Ich möchte sehen, wo ich gefischt und nach Langusten getaucht habe. Und ich möchte Timothys Grab sehen ...«

Sie war eine Weile still, dann fragte sie: »Sein Grab? Also ich finde, es wäre wirklich besser für dich, wenn du all das vergessen und dich darauf konzentrieren würdest, daß du wieder gesund wirst. Das ist jetzt wichtig für dich und nicht irgendeine gottverlassene kleine Insel und ein Grab im Sand.«

Obwohl ich bezweifelte, daß sie es verstehen würde, sagte ich: »Mutter, ich möchte ihm einfach noch einmal danke schön sagen.«

»Bei einem Toten kann man sich nicht bedanken«, sagte sie. »Das mußt du schon tun, solange jemand noch am Leben ist ...«

Ich sagte nichts.

»Phillip, er ist tot – versteh das doch! Schutzengel gibt es nicht. Und wir können uns nun mal nicht mit jemandem unterhalten, der im Himmel ist. Oder in der Hölle. Vielleicht ist dein Sehnerv nicht das einzige, das in deinem Kopf nicht in Ordnung ist.« Ihre Stimme klang ziemlich gereizt.

Ich schwieg.

Dann seufzte sie tief und sagte: »Als ich gestern deine Tasche ausgepackt habe, fand ich dieses Messer darin. Warum hast du es mitgenommen?«
»Als Glücksbringer«, sagte ich.
»Wieso soll das Messer dir denn Glück bringen?«
»Weil es Timothys Messer ist.« Ich war davon überzeugt, daß es mir Glück bringen würde.
»Du bist ja richtiggehend besessen von diesem Mann. Weißt du, wie oft du in der vergangenen Woche von ihm gesprochen hast?«
»Ich habe ihn geliebt«, sagte ich. »Und ich liebe ihn immer noch.«
»Du hast wirklich einen Neger geliebt?«
»Ja.«
Auch wenn dieses Hotelzimmer, weit entfernt von der Karibik, vielleicht nicht der richtige Ort für eine solche Diskussion war, fragte ich meine Mutter: »Warum magst du keine schwarzen Menschen?«
Sie sagte eine Weile nichts. Dann schien sie förmlich zu explodieren: »Habe ich jemals gesagt, daß ich sie nicht mag?«
»In gewisser Weise schon, Mutter. Immer wenn ich von ihnen sprach, hast du das Gesicht verzogen. Du hast mir gesagt, ich solle mich von ihnen fernhalten ...«
»Sie sind eben anders als wir. Wieso willst du das nicht kapieren? Meine Großmutter hat das gewußt, meine Mutter auch, und ich weiß es ebenfalls. Sie haben eine ganz andere Lebensart als wir. Deshalb wohnen sie auch in einem anderen Teil der Stadt.«
Ihre Großmutter wußte es, ihre Mutter wußte es, und sie weiß es auch?
»Vielleicht tun sie das aber auch bloß, weil wir sie nicht in unserer Nähe haben wollen«, sagte ich.
»Das ist doch Unfug. Die meisten von ihnen haben ja nicht einmal genügend Geld, um in unserer Nachbarschaft zu wohnen. Und selbst wenn sie es hätten, würden sie nicht in unserem Viertel leben wollen.«
»Und warum nicht?« fragte ich.
»Sie haben ihre eigene Musik, ihr eigenes Essen, sie ziehen sich anders an als wir, und sie reden anders. Glaub mir, sie sind glücklich

da, wo sie leben. Oder meinst du etwa, dein Timothy hätte gerne in Scharloo gewohnt?«
Darüber hatte ich mir noch nie Gedanken gemacht. »Warum nicht?« sagte ich, aber ich glaubte eher nicht, daß es ihm in der Nachbarschaft meiner Mutter lange gefallen hätte.
»Hast du eigentlich Angst vor den Schwarzen?« fragte ich.
»Sagen wir mal, ich fühle mich in ihrer Nähe etwas unbehaglich.«
»Warum? Hat dir ein Schwarzer jemals etwas getan?«
»Was soll das werden, Phillip? Ein Verhör?« brauste sie auf, und die alte Härte schwang wieder in ihrer Stimme mit.
»Timothy hat gesagt, daß wir alle gleich sind, egal, was für eine Farbe unsere Haut hat.«
»Es interessiert mich nicht, was Timothy gesagt hat.«
Damit war die Unterhaltung beendet.

11

Zauberei

Oktober 1884. Am frühen Morgen fuhr Timothy, der immer noch an das dachte, was Tante Hannah ihm am Abend zuvor über Sklaverei erzählt hatte, mit Wobert Avril in dessen Ruderboot zum Fischen hinaus. Sie ankerten bei den Korallenriffen vor Galosh Point und angelten mit Handleinen in etwa zehn Metern Tiefe nach Barschen. Dort unten gab es zwar auch Schnapper, Grashechte, Makrelen, Barrakudas und Bonitos, aber Timothy und Wobert hatten es auf die fetten Barsche abgesehen.

Später, nach Sonnenaufgang, konnten sie im klaren Wasser die mit Pflanzen bewachsenen Riffe und die Fische sehen.

Der alte Wobert mochte zwar manchmal zu tief ins Rumglas schauen, die Fische, die Vögel und das Meer aber kannte er wie kein zweiter auf Gottes weiter Erde. Davon war Timothy überzeugt. Auch den Wind, die Sterne und die Riffe kannte er, ebenso wie die Inseln und kleinen Eilande in südlicher Richtung bis nach Trinidad und Tobago und in westlicher Richtung bis zu den Morant-Inseln und Providencia. Timothy beneidete Wobert um sein Wissen.

Wie sagte Tante Hannah immer? »Hör auf die alten Männer, auf alle alten Männer, denn die sind weise. Und wenn du ihnen zuhörst, dann wirst du auch weise.«

Timothy sah in Wobert eine Art Großvater. Er sah aus wie ein Großvater und sprach wie ein Großvater. »Es gibt mehr Wunder auf der Welt, als man glaubt«, sagte er oft.

Wobert kannte die besten Geschichten über Fische und *Jumbis*, wie auf St. Thomas die bösen Geister hießen. Timothy wußte nicht so recht, ob er diese Geschichten glauben sollte. Einmal hatte Wobert ihm erzählt, daß er einen Barrakuda an der Schnur gehabt habe, der zwei Meter fünfzig lang gewesen sei. Timothy glaubte nicht, daß ein Barrakuda eine solche Länge erreichen konnte. Einen Meter fünfzig, vielleicht auch einen Meter siebzig. Aber nie zwei Meter fünfzig.

Daraufhin hatte Wobert ihm die tiefe Narbe an seiner rechten Hand gezeigt, wo sich damals die Angelschnur eingeschnitten habe, bevor sie zerrissen sei. Und eines Vormittags, als sie wieder einmal beim Fischen gewesen waren, hatte er so gegen zehn Uhr ganz atemlos gesagt: »Schau runter, schau schnell runter!« Timothy hatte ins Wasser geschaut und den zwei Meter fünfzig langen Barrakuda langsam am Boot vorbeischwimmen gesehen. Eines der Fischaugen hatte schräg nach oben zu ihnen geblickt.

Woberts beste Geschichte über *Jumbis* handelte von dem Kampf, den sich Mama Geeches unter der Treppe des Hotels 1829 mit einem von ihnen geliefert hatte. Mama Geeches war die »Zauberin« der Hinterstadt, der man nachsagte, sie hätte die Macht, andere Menschen zu verhexen. Der Rauch-*Jumbi* hatte damit gedroht, das Hotel abzubrennen, und Mama Geeches, die gerade mal einen Meter zwanzig groß war, ging hinein und kämpfte mit ihm so lange, bis sie ihn mit Hilfe eines Pulvers von zerriebenen Schmetterlingen getötet hatte. Der *Jumbi* hatte ihr tiefe Kratzer am Hals und an den Geschlechtsteilen beigebracht. Wobert hatte die Kratzer am Hals gesehen, die anderen allerdings nicht.

Bis ihm bei einem Sturm vor Barbuda ein Knie kaputtgegangen war, war Wobert vierundvierzig Jahre lang in der Karibik und auf dem Atlantik zur See gefahren. »Vierundvierzig Jahre!« erinnerte er seine Gesprächspartner gerne. Jetzt war sein rechtes Knie so steif und nutzlos wie ein Stück Holz, und er hinkte dementsprechend. Auf einem Segelschiff konnte er damit nicht mehr arbeiten.

Das Schönste am ganzen Fischen war für Timothy, wenn sie mit einem guten Fang zurück in den Hafen ruderten und Wobert auf seiner großen Muschel *Ahuuuuu, Ahuuuuu* trompetete, um allen kundzutun, daß er frischen Fisch zu verkaufen hatte.

Als Timothy Wobert fragen wollte, wie man sich wohl als Sklave fühlte, zog dieser gerade eine Meerbarbe aus dem Wasser und hatte zu tun, sie wieder vom Haken zu kriegen. Bevor er den Fisch anfaßte, wickelte sich Wobert ein Tuch um die Hand, damit er sich nicht an dessen scharfen Flossen verletzte.

»Den Fisch darfst du niemals essen. Und paß auf, daß du dich nicht an seinen Flossen stichst.«

Das sagte Wobert jedesmal, wenn er eine solche Meerbarbe gefangen hatte. Wie viele andere alte Männer auch, hatte er die Angewohnheit, sich häufig zu wiederholen. Und wie jedesmal fragte Timothy auch jetzt wieder: »Warum nicht?«

»Weil er giftig ist. Davon kriegst du Darmfäule. Es gibt ein spanisches Wort dafür, irgendwas mit *ciga-*. Auf jeden Fall wirst du furchtbar krank davon.«

Als nächstes würde Wobert, dessen weises, faltiges Gesicht die Farbe einer dunklen Muskatnuß hatte, Timothy erzählen, daß die Meerbarben vor St.Thomas giftig, die vor Guadalupe aber durchaus eßbar waren. Wobert vermutete, daß die Meerbarben an den hiesigen Riffen sich von sauren Korallen ernährten, die woanders nicht vorkamen.

Timothy hörte ihm geduldig zu und erzählte ihm dann, wie die *Amager* ohne ihn in See gestochen war.

Wobert spähte unter der Krempe seines Strohhuts hervor und sagte: »Ich habe schon davon gehört. Vielleicht ist es besser für dich, wenn du hierbleibst und dir eine ordentliche Arbeit an Land suchst. Du siehst ja, was die See mir angetan hat.«

Dabei schlug er sich auf sein kaputtes Bein. Er war zwar schon über Sechzig, aber seine Augen waren immer noch so scharf wie die eines jungen Adlers.

Timothy schüttelte den Kopf. Er war ganz und gar nicht mit dem einverstanden, was Wobert eben gesagt hatte, und murmelte, daß er weiterhin versuchen würde, auf ein Schiff zu kommen. Dann wechselte er das Thema. »Warst du eigentlich mal ein Sklave, Wobert?«

Wolken waren aufgezogen, und die Sonne schien durch sie hindurch und malte gelbe Flecken auf das Meer östlich von Galosh Point. Eine leichte östliche Brise kräuselte die blaue Wasseroberfläche, und kleine Wellen schlugen mit einem hohlen Glucksen an die Backbordseite des Bootes.

Wobert ließ ein unterdrücktes Kichern hören. »O ja«, sagte er, »o ja.« Wie Tante Hannah hatte auch er nie zuvor darüber gesprochen, als wäre dieses Stück seiner Vergangenheit etwas, wofür er sich schämen müsse. Im Jahr der Freilassung war er zwanzig gewesen, erzählte er jetzt, und noch im selben Jahr hatte er sich ein Schiff gesucht und war zur See gefahren.

Timothy spürte, wie seine Schnur zuckte. Er zog daran und hatte bald einen dreipfündigen Barsch ins Boot geholt, der mit seinem Schwanz wie wild auf den Planken herumschlug. Er zuckte immer noch, als Timothy ihn vom Haken nahm und ihm eine Schnur durch Maul und Kiemen zog, an der schon andere Barsche aufgereiht waren. Diese Schnur hängte er vorsichtig wieder über Bord, damit die Fische im Wasser frisch blieben.

»Warum fragst du?«

Timothy berichtete, daß Tante Hannah ihm ihre Geschichte erzählt habe.

»Das war bei uns allen gleich«, sagte Wobert. »Hannah und ich, wir hatten bloß Glück, daß wir nicht auf einem dieser Todesschiffe über den Ozean gebracht wurden. Wir sind schon auf St. Thomas geboren.«

Timothy fragte Wobert, wie er sich als Junge gefühlt habe. Wieder lachte der alte Mann. »Als ich fünf war, mußte ich die Hühner hüten, und als ich zwölf war, hatte ich noch immer *Caca* zwischen den Zehen.«

Timothy wußte, was *Caca* war. Hühnerscheiße.

»Und dann haben sie mich zum Löchergraben auf die Felder geschickt. Mit Spaten und Hacke haben wir die Erde aufgebuddelt, einen Meter im Quadrat und zwanzig Zentimeter tief. Am Mittag haben dir bei dieser Arbeit schon die Arme weh getan, aber du durftest nicht langsamer werden, sonst hast du einen Tritt in den

Hintern bekommen. Die Löcher haben wir dann später mit Mist gefüllt und Zuckerrohr-Ableger hineingepflanzt.«

»Hast du das jeden Tag gemacht?«

»Nur zur Pflanzzeit. Danach haben wir Unkraut jäten müssen, bis das Zuckerrohr reif zum Schneiden war. Und dann wurde ein großes Feuer im Kochhaus gemacht und das geerntete Rohr zu Molasse verarbeitet ...«

»Hast du denn jeden Tag gearbeitet?« fragte Timothy.

»Von Sonnenaufgang bis Sonnenuntergang. Jeden Tag außer Sonntag. Wenn das Rohr gekocht wurde, haben wir sogar sonntags arbeiten müssen.«

Bis kurz vor Mittag, als sie sich wieder auf den Weg zurück zur Küste machten, erzählte Wobert von seiner Zeit als Plantagensklave. Dann schloß er mit den Worten: »Sei froh, daß du nach dem Befreiungstag geboren wurdest.«

Timothy wußte, wie recht er damit hatte.

»Aber eines habe ich als Hühnerjunge gelernt«, fügte Wobert noch an. »Daß schwarze Hennen weiße Eier legen.« Er lachte und lachte und schlug sich prustend auf sein steifes Bein. »Ist doch seltsam, oder?«

Timothy war sich nicht sicher, was er damit meinte. Er nahm sich vor, Tante Hannah bei Gelegenheit danach zu fragen.

Mit zwei fetten Barschen ging er zurück in die Hinterstadt. Einen wollte er verschenken, der andere war fürs Abendessen.

Kurz vor Sonnenuntergang lag immer eine Wolke weißlichen Rauchs über der Hinterstadt und mischte sich mit dem Geruch des Essens, das überall vor den Hütten auf offenen Holzfeuern gegart wurde.

Noch eine Minute, und Tante Hannah würde die vor sich hin köchelnde *Maufé*-Soße, eine Mischung aus kleingeschnittenem Schweinefleisch, Tomaten, Zwiebeln und dem gekochten Barsch, vom Feuer nehmen und sie über die *Fungi*, aus Maismehl geformte Knödel, gießen. Sie gab noch ein paar selbstgepflückte Lorbeerblätter und etwas Ingwer dazu und roch an ihrem Gericht. Dann nickte sie zufrieden, ging in die Hütte und brachte zwei Teller heraus.

Das schöne Wetter vom Vormittag hatte den ganzen Tag über angehalten. Jetzt, am Abend, wurde der Passatwind merklich kühler, so daß Hannah und Timothy zum Essen ganz nah an die glühenden Holzkohlen der Feuerstelle rückten.

Tante Hannah verteilte das einfache Mahl auf die beiden Teller, und sprach, bevor sie anfingen zu essen, ein kurzes Gebet.

Während sie aßen, kam Mama Greeches und setzte sich unaufgefordert neben Tante Hannah auf den Boden. Die kleine Frau trug eines ihrer blaßlila Kleider und hatte viele silberne Ringe an ihren winzigen Fingern, die Timothy immer an die Krallen eines Vogels erinnerten. Sie verdiente sich ihr Geld damit, daß sie *Jumbis* vertrieb und den Leuten Glück brachte.

Man erzählte sich, daß Loupgarau, der Geist, der sich nackt auszog, in der Nacht als Feuerball durch die Luft flog und seinen Opfern das Blut aussaugte, mit Mama Geeches kurz nach ihrer Geburt gespielt habe. Er soll sie dabei in die Welt der Geister eingeführt haben, wo sie auch Soucayant kennenlernte, das weibliche Pendant zu Loupgarau.

Mama Geeches wohnte in der übernächsten Hütte. Sie starrte schwermütig in die Glut und schüttelte den Kopf, als Tante Hannah ihr *Maufé* und *Fungi* anbot.

Obwohl sie sehr klein war, hatte Timothy seit jeher Angst vor Mama Geeches, ihrer Magie und ihrer Hexerei gehabt. Schließlich erzählte man sich über Mama Geeches die sonderbarsten Geschichten. Sie war weder jung noch alt, weder lebendig noch tot. Manchmal kamen sogar *Bukras* von ihren Häusern auf den Hügeln herunter und suchten sie aus irgendwelchen Gründen auf.

Auf einmal blickte Mama Geeches auf und sah Timothy mit ihren verschlafenen, dunklen Augen an, die im dunkelroten Glühen der Holzkohle kaum zu erkennen waren. »Gib mir zwei Kronen«, sagte

sie, »und ich versenke die *Amager.*« Ihre Stimme klang wie die eines kleinen Mädchens.
Ob es wohl irgend jemanden auf der Insel gab, der noch nicht wußte, wie übel man Timothy mitgespielt hatte? Bei Mama Geeches allerdings war das nicht allzu verwunderlich, denn sie bekam immer alles sofort mit. Aber die *Amager* hatte jetzt bestimmt schon zweihundert Meilen auf ihrem Kurs nach New York zurückgelegt. Wie konnte Mama Geeches sie versenken? Tante Hannah wurde bei dem Gedanken daran ganz anders. »So was machen wir nicht.«
Mama Geeches fixierte Timothy noch immer und sagte: »Gib mir zwei Kronen, und ich verschaffe dir ein gutes Schiff.«
Tante Hannah runzelte die Stirn und sagte langsam und voller Unbehagen: »Er wird zur rechten Zeit schon sein Schiff finden.«
Mama Geeches drehte ganz langsam den Kopf in ihre Richtung und sagte mit drohender Stimme: »Ein ziegenmäuliges Schiff wird er finden, sonst nichts.« Ein Unglücksschiff.
Tante Hannah trat den Rückzug an und erklärte, daß sie keine zwei Kronen mehr habe. Schließlich habe sie ja Schuhe und Hosen für Timothy kaufen müssen.
Mama Geeches stand auf und verschwand so lautlos wie ein Gespenst in der Dunkelheit. Timothy war so froh darüber, daß er einen langen, erleichterten Seufzer hören ließ.
Auch Tante Hannah seufzte.
Als sie annahmen, daß Mama Geeches sich außer Hörweite befand, sagte Tante Hannah mutig: »Mach dir keine Sorgen, Timothy, sie ist bloß eine dumme, alte Obi-Hexe, weiter nichts.« Aber der besorgte Ausdruck in ihrem Gesicht strafte ihre Worte Lügen. Tante Hannah hatte mindestens ebensoviel Angst vor der alten *Jumbi*-Jägerin wie Timothy selbst. Sie hatte diese Angst immer gehabt und würde sie auch immer haben.
Mama Geeches hatte die Gabe, sich wie der Rhythmus einer *Bamboola*-Trommel mit ihren Worten in die Köpfe der Menschen zu stehlen. Es waren geheimnisvolle, magische Worte, denen jedermann Beachtung schenkte.

Timothy konnte sich daran erinnern, daß Tante Hannah Mama Geeches mehrmals Geld gegeben hatte, damit sie *Jumbis* aus ihrem Garten und ihrer Hütte vertrieb. Einmal hatte sich Mama Geeches dabei mit einem Huhn im Schoß auf die Türschwelle gesetzt und so lange auf das Huhn eingeredet, bis es eingeschlafen war. Die ganze Nacht war sie so sitzen geblieben, und am Morgen, als das Huhn wieder erwacht war, waren auch die *Jumbis* verschwunden, die vorher wie ein Nebelstreif um die Hütte gewabert waren.
Ein andermal war ein *Jumbi* durch das Loch eines Spinnenbisses in Tante Hannahs linken Fuß geschlüpft und hatte nicht mehr herausgehen wollen. Der Fuß war angeschwollen wie eine große, dunkelrote Banane. Als ihre Kräuter ihn nicht hatten heilen können, hatte sie Mama Geeches um Hilfe gebeten. Mama Geeches ging auf den Friedhof und holte dort eine Handvoll Erde, die sie mit zerstoßenem Kalk und kleinen Stücken Schlangenwurzel vermischte. Dann braute sie daraus einen kochend heißen Sud, in dem Tante Hannah über Nacht ihren Fuß baden mußte. Am nächsten Morgen war die *Jumbi*-Schwellung zurückgegangen.
Kein Wunder also, daß auch Timothy an Mama Geeches' Hexerei glaubte. Als er in der Nacht auf seinem Lager aus Bananenblättern lag, beschloß er, so lange seine paar Öre zu sparen, bis er die zwei Kronen beisammenhatte. Er wollte verhindern, daß er auf ein ziegenmäuliges Schiff geriet, wenn er eines Tages tatsächlich zur See fahren sollte.

12

Dr. Pohl

Dr. Lars Pohls Händedruck war angenehm fest, und seine Stimme klang tief und kräftig und fast ein wenig barsch. Sein Rasierwasser roch frisch. Er stellte mir dieselben Fragen wie Dr. Boomstra und machte sich vermutlich auch Notizen, aber im Gegensatz zu seinem Kollegen war er weniger daran interessiert, was sich auf der Insel zugetragen hatte. Dafür wollte er alles über meine Kopfschmerzen wissen.

Nach unserem ersten Termin beschrieben ihn mir meine Eltern als einen großen, grauhaarigen Mann mit einem breiten Gesicht, buschigen Augenbrauen und großer Nase. Er hatte rote Backen und war dänischer Abstammung. Seine Hände, so sagten sie, sahen kräftig aus und hatten lange Finger. Und neben Dr. Pohls diversen Diplomen, verriet mir mein Vater, hingen an den Wänden seines Sprechzimmers eigenhändige Autogrammfotos der Baseballstars Babe Ruth und Lou Gehrig.

Dr. Pohl leuchtete mir mit einer Lampe in die Augen und fragte mich, ob ich irgend etwas sah. Ich sagte nein. Als nächstes tastete er mir vorsichtig den Hinterkopf ab.

»Werde ich für immer blind bleiben?« fragte ich. Kaum hatte ich die Frage gestellt, wurde mir auch schon bewußt, daß ich sie gar nicht beantwortet haben wollte.

Dr. Pohl schwieg eine Weile, in der er vermutlich mein Gesicht studierte. »Ehrlich gesagt, Phillip, ich weiß es nicht«, sagte er schließlich. »Eine von vielen Möglichkeiten ist sicherlich die, daß das, was dir zugestoßen ist, nicht mehr rückgängig gemacht werden kann.« Er schwieg wieder.

Eine von vielen Möglichkeiten? Das war Arztgeschwätz.
»Aber was ... ?«
»Moment, ich bin noch nicht fertig«, unterbrach mich Dr. Pohl. »Ich habe mir deine Röntgenaufnahmen genau angesehen, aber ich kann auf ihnen nicht genau erkennen, wieviel Schaden der Schlag auf deinen Kopf wirklich angerichtet hat ...«
Mein Vater, der heute morgen angekommen war, legte mir seine Hand auf die Schulter, als wolle er mich daran erinnern, daß er bei mir war.
»Gibt es eine Möglichkeit, das herauszufinden?« fragte ich.
»Das geht nur mit einem anderen Testverfahren, aber darauf komme ich später. Zuerst möchte ich dir gerne in so einfachen Worten wie möglich erklären, was dir vermutlich zugestoßen ist, Phillip. Ich glaube, daß das Ding, das dich am Kopf getroffen hat, eine innere Blutung im Bereich der Okzipitallappen hervorgerufen hat ...«
Ich runzelte die Stirn. *Was für Dinger?*
»Die Okzipitallappen erhalten sensorische Information von den optischen Nerven, den Sehnerven also, und verarbeiten sie weiter. Sie sind das Sehzentrum des Gehirns, das unsere Augen, ähnlich wie Kameras, mit Bildern versorgt. Ich glaube, daß bei dir eine VA-Deformation vorliegt, eine venös-arterielle Deformation also, die ...«
Ich legte die Stirn noch mehr in Falten.
»Ich zeige deinen Eltern gerade Abbildungen in einem medizinischen Buch, die ich dir gerne beschreiben würde. Hier, auf Tafel vierundachtzig, sehen wir intakte Blutgefäße, die aussehen wie kleine, gebogene Schläuche. Und auf der nächsten Tafel, der Nummer fünfundachtzig, sehen wir deformierte Blutgefäße. Die sehen etwa so aus wie Weintrauben mit Stielen. Wenn ein Blutgefäß verletzt wird, dann blutet es, bis das Blut gerinnt. Durch den kleinen Klumpen, der sich bildet, wird Druck aufs nächste Blutgefäß ausgeübt, das ebenfalls zu bluten anfängt. Wenn die Blutgefäße nahe beieinander liegen, geht das noch eine ganze Weile so weiter. Ich glaube

nun, daß diese geronnenen Klümpchen aus geplatzten Blutgefäßen, die aussehen wie Trauben, die Ursache deines Problems sind.«
Er machte eine Pause, um seine Worte wirken zu lassen.
»Können Sie das denn wieder rückgängig machen?« fragte ich.
»Dazu müßte man jedes einzelne dieser vielen kleinen Blutgefäße verätzen und dann mit einer Metallklammer verschließen oder mit einem winzigen Stich vernähen, damit es nicht weiterbluten kann. Das ist eine äußerst komplizierte Operation, besonders im Gehirn.«
»Aber danach könnte ich wieder sehen?« fragte ich.
»Vielleicht. Aber es wäre eine sehr langwierige, riskante Operation, zu der man ein ganzes Team von Chirurgen braucht.«
Daß er seine Worte direkt an mich richtete, gefiel mir.
»Bisher habe ich neun solcher Operationen durchgeführt, und zwar ausschließlich an Erwachsenen, deren Verletzung Tage oder höchstens ein paar Wochen zurücklag. Deine ist schon sechs Monate alt ...«
»Wie erfolgreich waren denn diese Operationen?« wollte mein Vater wissen.
Dr. Pohl antwortete, ohne zu zögern. »Drei der neun Patienten haben ihr Augenlicht teilweise zurückbekommen. Einer starb auf dem Operationstisch, ein anderer erlitt einen Gehirnschaden. Vier der Operierten sind also noch ebenso blind wie zuvor ...«
»Drei von neun«, sagte meine Mutter mit einem Zittern in der Stimme.
»Phillips Alter könnte möglicherweise von Vorteil sein«, entgegnete Dr. Pohl. Dann sagte er zu mir: »Aber ich möchte bezweifeln, daß du jemals wieder so gut sehen wirst wie zuvor.«
»Wieviel haben denn die drei, bei denen die Operation erfolgreich war, wieder gesehen?«
»Mit Brille hatten zwei achtzig, einer neunzig Prozent Sehvermögen. Nachts allerdings weniger.«
Neunzig Prozent mit Brille. Ich würde fast alles sehen können, würde lesen und mich ohne Blindenstock fortbewegen können.
Ich hatte das Gefühl, als würde Dr. Pohl mich genau ansehen, als er

mir noch einmal klarmachte: »Ich wiederhole also: Diese Operation birgt ein gewisses Risiko, Phillip. Das muß ich dir und deinen Eltern ehrlicherweise sagen. Ein ziemlich hohes Risiko sogar. Schließlich findet sie in deinem Kopf statt, direkt an deinem Gehirn …«

In meinem Kopf? Direkt an meinem Gehirn?

»Das größte Problem dürften drei sehr wichtige, große Blutgefäße darstellen, die nur ein paar Millimeter neben der Stelle vorbeilaufen, an der ich vorhabe zu operieren. Ich erspare dir die wissenschaftlichen Bezeichnungen dafür, aber sie transportieren einen Großteil des Blutes aus dem Gehirn ab und führen es zurück zum Herzen. Möglicherweise wurde bei deinem Unfall eines dieser Blutgefäße verletzt, es kann aber auch sein, daß es erst bei der Operation verletzt wird. Die Folge wäre, daß du sterben oder für immer gelähmt werden könntest …«

Meine Mutter schaltete sich ein. »Ich glaube, das reicht, Dr. Pohl.« Er sprach von meinem Augenlicht, nicht von dem ihren.

»Woran ist der eine Patient gestorben?« fragte ich.

»An einer Gehirnblutung, die wir nicht mehr stoppen konnten«, antwortete Dr. Pohl.

Ein verletztes Blutgefäß.

»Du mußt dich also entscheiden, Phillip: Entweder du bleibst für eine unbestimmte Zeit blind, aber ansonsten weitgehend gesund, oder du entschließt dich für einen Eingriff in deinen Schädel, nach dem du möglicherweise nie wieder das Bewußtsein erlangst, gelähmt bist oder sogar stirbst. Das muß ich dir und deinen Eltern noch einmal in aller Deutlichkeit sagen.«

»Angesichts dieser Risiken wird Phillip wohl blind bleiben müssen«, sagte meine Mutter.

»Nicht so schnell, Grace«, meinte mein Vater. »Phillip hat bei dieser Entscheidung schließlich auch noch mitzureden. Was meinen Sie eigentlich mit einer ›unbestimmten Zeit‹, die mein Sohn relativ gesund bleiben könnte, Dr. Pohl? Das klingt irgendwie erschreckend …«

»Nun, anhand der Röntgenaufnahmen allein kann niemand sagen,

wie ernst das Problem wirklich ist. Auch eine kleine Menge Blut am falschen Ort kann die Funktion eines Gehirns schwer beeinträchtigen. Es kann da durchaus auch noch nach längerer Zeit zu Komplikationen kommen.«
Wir schwiegen alle drei. Wir wußten, was er damit meinte. Daß ich auch ohne die Operation irgendwann einmal an dieser Deformation meiner Blutgefäße sterben könnte.
»Sie müssen sich nicht heute entscheiden«, meinte er. »Aber jeder Tag, der ungenutzt verstreicht, verringert die Chancen für einen erfolgreichen Verlauf der Operation.«
»Acht von den Patienten sind nicht gestorben«, sagte ich.
»Aber fünf können immer noch nicht sehen«, entgegnete meine Mutter.
Nach einer längeren Pause erklärte schließlich mein Vater: »Dr. Pohl, Phillip hat bereits auf der Insel Entscheidungen fällen müssen, bei denen es um Leben und Tod ging. Und er hat offenbar die richtigen getroffen, denn er hat überlebt … «
Ich wußte, daß er damit auch zu meiner Mutter sprach. *Hör auf, ihn wie ein Kind zu behandeln*, wollte er ihr damit sagen.
»… und deshalb finde ich, daß wir auch diese Entscheidung ihm überlassen sollten. Schließlich geht es um sein Augenlicht und sein Leben …«
Ich saß da und wußte, daß alle mich ansahen und darauf warteten, daß ich etwas sagte. Seit der Besprechung mit Dr. Boomstra hatte ich oft über diesen Augenblick nachgedacht, im Flugzeug nach New York und fast die ganze Zeit über, die ich jetzt schon in dieser Stadt war. Ich war dabei zu dem Schluß gekommen, daß ich genau wissen wollte, was bei der Operation geschehen würde. Das sagte ich jetzt Dr. Pohl.
Der Arzt zögerte. Später erzählte er mir, daß er Angst gehabt habe, mich völlig zu verschrecken. »Was willst du denn genau wissen?« fragte er dann.
»Ich möchte wissen, wie Sie in meinen Kopf hineinkommen«, sagte ich.

Dr. Pohl zögerte wieder, dann konnte ich einen tiefen Seufzer von ihm hören. »Also gut. Ich erzähle dir das jetzt nur, weil du ganz allein auf dieser Insel überlebt hast und anscheinend einiges vertragen kannst. Aber ich muß dir sagen, daß die meisten erwachsenen Patienten von der genauen Prozedur einer solchen Operation lieber nichts wissen wollen.«
Körperlich konnte ich eine Menge vertragen, aber wie sich das in geistiger Hinsicht verhielt, mußte sich erst noch herausstellen.
»Du mußt mir sagen, wenn ich aufhören soll.«
»Mach ich.«
»Wir werden dich zunächst einmal unter Narkose setzen und dabei deine Atmung und deinen Blutdruck genau kontrollieren. Du wirst bei der Operation auf dem Bauch liegen, denn schließlich brauchen wir ungehinderten Zugang zu deinem Hinterkopf ...«
Noch immer kann ich mich an jedes einzelne Wort von Dr. Pohl erinnern. Es war fast so, als ob er es für mich aufgeschrieben hätte: Zuerst würde er mir mit einem langen, geraden Schnitt die Haut am Hinterkopf aufschneiden. Dann würde man die Haut mit Klammern zur Seite ziehen, bis der Schädelknochen freilag.
Und dann würde er mir vier Löcher in den Kopf machen.
»Womit?« fragte ich.
»Mit einem Handbohrer.«
Ich hörte, wie meine Mutter leise stöhnte.
»So einen, wie ihn auch ein Schreiner benützt?«
»Genau.«
Dann verwendete er eine Menge wissenschaftlicher Vokabeln wie transvers-venöser Sinus und oberer Saggitalsinus, ohne daran zu denken, daß wir damit überhaupt nichts anfangen konnten. Als er es merkte, entschuldigte er sich.
»Was wir tun werden, wenn du dich für die Operation entscheidest, ist folgendes, Phillip: Nachdem wir die vier Löcher gebohrt haben, werden wir zwischen ihnen eine kleine Führungsplatte befestigen, an der entlang wir dann mit einer feinen Drahtsäge von Loch zu Loch ein längliches Fenster in deinen Schädelknochen sägen.

Ein Fenster in meinen Schädelknochen?

»Als nächstes werde ich versuchen, durch dieses Fenster die beschädigten Blutgefäße zu reparieren ...«

»Und werden Sie das Fenster, das Sie herausgeschnitten haben, später wieder einsetzen?«

Dr. Pohl lachte leise. »Natürlich werden wir das. Wir rühren uns eine Paste aus Knochenmehl an und kleben das herausgeschnittene Teil damit fest. Dann werden deine eigenen Körperzellen die Arbeit übernehmen und es wieder anwachsen lassen. Allerdings wirst du wohl immer eine kleine Delle am Hinterkopf spüren können.«

»Wie lange werde ich im Krankenhaus bleiben müssen?«

»Ich schätze, daß du zwei Tage nach der Operation schon wieder aufstehen kannst, aber wir werden dich noch einen Monat zur Beobachtung hierbehalten. Wenn alles gutgeht, wirst du nach etwa zwei Wochen wieder sehen können.«

»Und was für Nachwirkungen könnte die Operation haben?« fragte mein Vater.

»Es könnte sein, daß Phillip danach häufiger Kopfschmerzen hat, aber mit der Zeit müßten sie wieder verschwinden. Es könnte auch zu gewissen Anfällen kommen, aber die kann man mit Medikamenten unter Kontrolle bekommen.«

»Was für Anfälle?« fragte mein Vater. »So etwas wie Epilepsie?«

»Genau. Wie Sie vielleicht wissen, gibt es zwei Arten von epileptischen Anfällen, die wir *petit mal* und *grand mal* nennen. Ein *petit mal* ist eher lästig, mehr nicht. Man ißt zum Beispiel seine Suppe und hält den Löffel für den Bruchteil einer Sekunde mitten in der Luft an. Ein *grand mal* hingegen ist sehr viel ernster, denn bei ihm verliert der Patient für eine gewisse Zeit das Bewußtsein.«

Wir hatten an der Schule einen Jungen, der Epileptiker war. Der fiel manchmal ohne jede Vorwarnung um und wand sich in Muskelkrämpfen am Boden. Manchmal hatte er dabei auch Schaum vorm Mund.

»Aber solche Anfälle kann man mit Medikamenten unter Kontrolle bekommen, und eines Tages werden sie auch ganz verschwinden.

Aber du müßtest diese Medikamente regelmäßig einnehmen«, sagte Dr. Pohl.
»Was löst denn die Anfälle aus?« fragte ich.
»Störungen in der elektrischen Aktivität des Gehirns. In deinem Fall werden sie daher kommen, daß die Operation einen ziemlichen Schock für die Schaltkreise deiner Nervenzellen darstellt.«
Ich hatte genug gehört.
»Es ist eine sehr schwierige und riskante Operation, die etwa acht bis zwölf Stunden dauern wird. Möglicherweise kommst du dabei ums Leben, Phillip. Oder du wirst, wie ich bereits sagte, vollkommen bewegungsunfähig.«
»Aber es ist auch möglich, daß ich danach wieder sehen kann«, sagte ich.
»Das ist richtig.«
»Neunzig Prozent Sehfähigkeit hat einer Ihrer Patienten zurückerlangt, richtig?«
»Aber dafür kann ich keine Garantie geben«, sagte Dr. Pohl geradeheraus. »Und noch etwas: Selbst wenn die Operation erfolgreich verläuft, könnte es gewisse Risiken geben wie zum Beispiel eine Wundinfektion oder ein Blutgerinnsel, das sich an der Hirnoberfläche oder im Inneren des Hirns bildet.«
»Das klingt ja alles nicht allzu optimistisch«, sagte mein Vater.
»Ich möchte nur ehrlich zu Ihnen allen sein«, sagte der Arzt.
Nach ein paar Minuten des Schweigens sagte ich schließlich: »Kann ich noch eine Weile darüber nachdenken?« Noch nie in meinem Leben, weder auf dem Floß noch auf der Insel, hatte ich solche Angst gehabt.
»Natürlich. Aber je eher du deine Entscheidung triffst, desto besser. Solltest du dich für die Operation entscheiden, müßten wir ein Pneumoenzephalogramm machen. Das wäre die Prozedur, von der ich vorher gesprochen habe.«
Schon wieder so ein medizinischer Ausdruck, bei dem ich nicht durchblickte. »Was ist das?«
»Eine andere Art von Röntgenaufnahmen. Dazu setzen wir dich

auf einen Stuhl und injizieren dir Luft ins Rückenmark. Dann bewegen wir den Stuhl in verschiedene Richtungen und machen eine ganze Serie von Röntgenbildern. Dadurch können wir besser sehen, was in deinem Kopf wirklich los ist, bevor wir ihn öffnen und operieren ...«

13

Die Entscheidung

Wir verließen Dr. Pohls Sprechzimmer und redeten bis spät in die Nacht hinein über nichts anderes als die Entscheidung, vor die der Arzt uns gestellt hatte.

Ich weiß nicht mehr, wann meine Eltern ins Bett gingen und wann ich einschlief, aber ich erinnere mich noch genau daran, was ich die ganze Zeit über dachte: Alles, was ich mit meinem Leben anfangen wollte, hing davon ab, daß ich sehen konnte. Mehr noch: Ich wollte mir später einmal keine Vorwürfe machen müssen, das Risiko einer Operation gescheut zu haben.

Natürlich hatte ich Angst davor, bei der Operation zu sterben, aber ich dachte auch an die sieben erwachsenen Patienten, die sie ohne Hirnschäden überstanden hatten. Vier von ihnen waren zwar immer noch blind, aber wenigstens hatten sie nichts unversucht gelassen. Sollte ich etwa ...?

Ich erwachte sehr früh am Morgen und versuchte mich noch einmal an alles zu erinnern, was Dr. Pohl mir gesagt hatte. Von der Forty-second Street drang gedämpfter Verkehrslärm herauf.

Schließlich fragte ich Timothy: »Was soll ich tun?«

»Wo ein Regenbogen ist, muß auch Regen sein«, antwortete er.

Ich erinnerte mich auch daran, daß er einmal gesagt hatte: »Die Nacht bringt den Tag.« Im Licht des neuen Tages verfliegen die nächtlichen Sorgen.

Schließlich fragte ich meine Eltern: »Seid ihr schon wach?«

Sie waren wach.

Ich holte tief Luft und sagte: »Ich möchte die Operation machen lassen.«

»Bist du sicher?« fragte mein Vater.
»Ja. Ich möchte zurück zu der Insel und sie sehen.«
»Ach, Phillip, das hast du neulich auch schon gesagt. Aber für eine Operation mußt du doch einen besseren Grund haben als diesen«, sagte meine Mutter. »*Du mußt!*« Ich konnte hören, daß sie den Tränen nahe war.
»Er braucht nun mal ein Ziel, Grace«, sagte Vater ruhig, aber bestimmt. Die Entscheidung war gefallen.
Kurz nach neun rief er Dr. Pohl an, und noch am Nachmittag wurde das Pneumoenzephalogramm gemacht.

14

Die Bark *Gertrude Theismann*

April 1886. An einem schwülen Tag im späten Frühling ruderte Timothy mit Charlie Bottle in dessen Boot von Thatch Cay zurück, wo sie Gras für Charlies Tiere geschnitten hatten. Thatch Cay war eine kleine Insel mit eigenem Grundwasser.

Vom Schweiß glänzte Timothys geschmeidiger Körper wie eingeölt. Wenn er an den Rudern zog, bewegten sich seine Arm- und Bauchmuskeln so flüssig wie warme Molasse. Seit der Geschichte mit der *Amager* war er fünf Zentimeter größer und am ganzen Körper kräftiger geworden.

»Fast zwei Jahre hab ich's nun versucht«, sagte er. »Und die sagen immer noch: ›Werd erst mal erwachsen, Junge.‹«

»Dann sag den Maaten und Käpt'ns doch einfach, daß du sechzehn bist«, sagte Charlie Bottle und richtete seine blutunterlaufenen Augen auf Hannah Gumbs Ziehsohn.

Timothy runzelte die Stirn. Wie sagte Tante Hannah doch immer? »Lügen haben kurze Beine.«

»Solang du denen sagst, daß du vierzehn bist, kriegst du nie was anderes zu hören außer ›werd erst mal erwachsen‹.«

Timothy nickte. Charlie Bottle war ebenso für seine Weisheit bekannt wie Tante Hannah und Wobert Avril.

»Aussehn tust du eh schon wie sechzehn. Du bist wirklich ein großer Junge«, sagte Charlie Bottle.

Weil es heute vollkommen windstill war, konnten sie das Segel nicht aufziehen. Das Knarzen der Ruder und das Plätschern der Wellen am Bug waren die einzigen Geräusche auf der Fahrt zur Coki Bay, wo Charlies Eselskarren stand.

Timothy nickte wieder. Charlie hat recht, dachte er. Er war jetzt so groß wie die meisten Männer. Und mindestens ebenso stark wie sie.
Sechs Tage später verkündete er Tante Hannah, daß er nun endlich eine Bark gefunden habe, auf der er nach Rio de Janeiro segeln könne. Der Name der brasilianischen Stadt war Timothy nicht unbekannt, denn ab und zu machten Schiffe von dort im Hafen von St. Thomas fest. Die Matrosen von diesen Schiffen sprachen meistens Portugiesisch.
Obwohl Tante Hannah Timothy zu seinem Erfolg gratulierte, machte sie ein trauriges Gesicht.

———

Obwohl er sein X unter ein offiziell aussehendes Schriftstück gesetzt hatte, von dessen Worten er nicht ein einziges hatte lesen können, war Timothy sich immer noch nicht sicher, ob er nun wirklich auf der Viermastbark *Gertrude Theismann*, als deren Heimathafen Philadelphia angegeben war, zur See fahren würde. Bis auf die beiden Gaffelsegel an ihrem Besanmast und die Vorsegel und Klüver am Fockmast war sie als Rahschiff getakelt. Sie hatte einen cremeweißen Rumpf und sah aus wie ein riesiger Schmetterling.
Timothy erinnerte sich daran, daß Mama Geeches ihm vor zwei Jahren prophezeit hatte, daß er auf ein ziegenmäuliges Unglücksschiff kommen würde, wenn er ihr nicht ihre zwei Kronen zahlte. Er hatte mit Tante Hannah darüber gesprochen, und die beiden waren übereingekommen, daß es sich dabei um eine leere Drohung handelte. Wie sollte Mama Geeches auch die einzelnen Schiffe auseinanderhalten und sagen können, welches davon Glück und welches Unglück hatte? Mit dieser Behauptung war Mama Geeches zu weit gegangen, aber trotzdem hatte Timothy an ihre Worte denken müssen, als er sein X unter den Heuervertrag gesetzt hatte.
Seine Erfahrungen mit der *Amager* hatten Timothy mißtrauisch gemacht. Erst als Luther Oisten, der Bootsmann der *Gertrude*

Theismann, ihm eine Decke aushändigte und der Smutje ihm einen Zinnteller und Gabel und Messer gab, wußte er, daß er nun wirklich mit in See stechen werde. Im Logis, der engen Mannschaftsunterkunft am Bug des Schiffes, bekam er eine von sechs aus rohen Brettern zusammengezimmerten Kojen zugewiesen, in der ein angeschmutzter Strohsack als Matratze lag. Außer ihm waren im Logis noch weitere fünf Matrosen untergebracht worden. Am hinteren Schott des kleinen Raumes standen ein Tisch und zwei Bänke, auf denen die Seeleute sich zum Essen niederlassen konnten. Der Raum roch nach Schweiß und abgestandener Luft, aber verglichen mit den Hütten der Hinterstadt kam er Timothy wie eine Behausung für reiche Leute vor. Achtern vom Logis befand sich die Kombüse, in deren Wand sich ein kleines Schiebefenster befand, durch welches das Essen herausgereicht werden konnte. Timothy hatte geholfen, die Lebensmittel an Bord zu bringen, und über deren gute Qualität gestaunt.

Die ersten Worte, die der Bootsmann an Timothy richtete, waren ziemlich grob: »Du springst, wenn ich's dir sage, Niggerboy. Und solang du noch ein Greenhorn bist, paß gefälligst auf, wenn du an Deck gehst. Nicht daß du uns gleich in der ersten Woche hopsgehst …« Er war ein schlanker, schmalnasiger Mulatte von der Insel Barbados, die in der Gruppe der Kleinen Antillen oberhalb von Trinidad und Tobago liegt. Weil er ein bißchen *Bukra*-Blut in den Adern hatte, war seine Haut mehr braun als schwarz. An seinem Gürtel trug er ein langes Messer in einer Lederscheide.

»Ja, Sir«, antwortete Timothy und nahm Haltung an. Schon jetzt hatte er Angst vor Luther Oisten.

»Und jetzt zack, zack«, befahl Luther. »An die Arbeit. Geh rauf an Deck und hilf beim Verstauen der Vorräte.«

Timothy hatte schon oft gehört, daß Bootsmänner oder Zweite Maate, was auf Segelschiffen oftmals ein und dasselbe war, besonders scharfe Vorgesetzte waren. Nur allzu gut erinnerte er sich noch an Nyborg, den Maat der *Amager.* Aber vielleicht mußten sie so gemein sein, um sich gegenüber der Mannschaft durchsetzen zu können. Im Gegensatz zu Luther Oisten hatten Tanner, der weiße Erste Maat, und der Kapitän auf Timothy einen freundlichen Eindruck gemacht. Offensichtlich überließen sie das Schikanieren dem Mulatten aus Barbados.

Als der Bootsmann gegangen war, sagte Horace Simpson, der älteste der vier schwarzen Matrosen, zu Timothy: »Tu das, was er sagt.« Der weißhaarige Mann aus Alabama war klein und untersetzt und erinnerte Timothy ein wenig an Charlie Bottle.

»Ja, Sir«, sagte Timothy, obwohl man normale Matrosen niemals »Sir« nannte.

Der einzige Weiße im Vorderdeck hieß Phelps. Er hatte lange Koteletten und ein grobschlächtiges Gesicht und liebte Schnupftabak. Phelps hatte sich den Fuß verstaucht und konnte deshalb nicht in die Takelage klettern. »Nutzlos«, nannte ihn Horace.

Thomas Sanders war Smutje und Steward in einem. Das bedeutete, daß er nicht nur das Essen kochte, sondern auch die Kabinen des Käpitäns und des Ersten Maates in Ordnung hielt. Als letztes Crewmitglied gab es dann noch den Schiffszimmermann Deets, einen weiteren Weißen, der auch die kleine Dampfmaschine an Deck bediente, mit der die Segel hochgezogen, die Pumpen betrieben und ab und zu auch die Anker gelichtet wurden. Er schlief in der Zimmermannswerkstatt.

Das waren also die *Bukras* und die Schwarzen an Bord der *Theismann.* Elf an der Zahl, den Kapitän mit eingeschlossen.

Das Schiff hatte in Virginia zweitausendfünfhundert Tonnen Kohle geladen, von denen sie sechshundert auf St. Thomas gelöscht hatten. Dafür hatten sie hier mehrere Kisten mit unterschiedlicher Fracht an Bord genommen. Wenn sie in Rio den Rest der Kohle gelöscht und ihre Laderäume vom Kohlestaub gesäubert hatten, sollten sie dort in Säcken verpackten Kaffee für einen Importeur in Philadelphia aufnehmen.

Aber bis dahin war noch viel Zeit. Zuerst mal war die *Gertrude Theismann* auf dem Weg nach Süden.

In der ersten Nacht an Bord, als das Schiff noch im Hafen lag,

konnte Timothy nicht schlafen und hörte, wie sich, noch bevor an Land der erste Hahn krähte, der Smutje in der Kombüse nebenan zu schaffen machte. Bald roch es nach brennendem Holz, und ein paar Minuten später drang der kräftigere Geruch eines Kohlenfeuers ins Vorderschiff. Kurz darauf polterte Luther herein und rief: »Aufstehn!« und das Schnarchen im Logis hörte schlagartig auf.
Timothy wusch sich das Gesicht oben an Deck in einem Eimer mit lauwarmem Wasser und half mit, das Schiff seeklar zu machen. Dann gab es Frühstück, das aus einem Topf Haferbrei, gekochten Kartoffeln, Brot und pro Mann einer Scheibe Schinken und einem Ei bestand. Dazu gab es reichlich Kaffee. Timothy hatte noch nie in seinem Leben so gut gegessen.
Als schließlich die Sonne aufging und die Cirruswölkchen über dem Horizont im Osten in ihr goldenes Licht tauchte, wurde die kleine Dampfmaschine an Deck in Betrieb genommen. Die Falleinen lagen sauber aufgeschossen daneben, und alles war bereit zum Segelsetzen. Dann kam die *Glory* längsseits, und der Kapitän gab seine Befehle zum Ablegen.

Timothy sah Tante Hannah im ersten Licht der Morgensonne am Kai stehen und winkte ihr zu. Er war stolz, daß sie mitbekommen hatte, wie er die Festmachleinen an Bord geholt hatte. Als er daran dachte, daß er sie erst in einigen Monaten wiedersehen würde, wären ihm fast die Tränen in die Augen gestiegen.
Die *Glory* zog am Schlepptau, und die Bark löste sich vom Kai. Ein paar Minuten später wurden die Falleinen an der mit der Dampfmaschine verbundenen Winde befestigt, und der Bootsmann rief: »Hiev los!« Bald waren die Obermarssegel und die Untermarssegel gesetzt. Danach gingen die Vorsegel nach oben.
Timothy hatte beide Hände voll zu tun, den Befehlen zu gehorchen, und konnte nur ab und zu einen Blick aus den Augenwinkeln zurück auf Tante Hannah werfen, die immer noch am Kai stand.

Querab von Water Island verabschiedete sich die *Glory*, und bald darauf bauschten sich auch die Bramsegel und die Royals an den vier Masten des Schiffes in der leichten östlichen Brise.
Die *Gertrude Theismann* war auf dem Weg nach Rio.

Donald Roberts aus Maine, der Kapitän des Schiffs, schrieb an diesem Morgen in sein Journal, das er neben dem knapp gehaltenen, offiziellen Schiffstagebuch führte:

8. April 1886, 7:30 Uhr – Ohne besondere Vorkommnisse von St. Thomas abgelegt. Ich bin immer froh, wenn wir einen Hafen verlassen, obwohl mir Mr. Tanner diesmal nur eine einzige Schlägerei unter der Mannschaft gemeldet hat – der Grund dafür war, wie üblich, der hiesige Rum.
Während wir im Hafen lagen, habe ich einen Schwarzen von der Insel als Leichtmatrosen angeheuert, als Ersatz für den Jungen, der aus der Quersaling am Kreuzmast fünfzig Meter tief aufs Deck stürzte. (Er schlug auf wie ein Sack voller Bohnen, und wir haben ihn in einen Leinensack genäht und vor der Küste Floridas bestattet, wie ich im Schiffstagebuch verzeichnet habe.)
Der neue Leichtmatrose heißt Timothy. Er sagte, er wolle für die Reise von St. Thomas nach Rio und wieder zurück nur den Gegenwert für ein Paar Schuhe als Heuer. Dieses Angebot konnte ich nicht abschlagen. Er ist höflich, kommt mir aber trotzdem mutig und unerschrocken vor. Als ich ihn »Tim« nannte, sagte er: »Sir, Käpt'n, ich habe zwar nur einen einzigen Namen, aber der ist Timothy.« Ich hätte ihm fast eine Ohrfeige gegeben, mußte aber innerlich lachen. Nachdem ich ihn eine Weile an Deck beobachtet habe, bin ich der Meinung, daß aus ihm durchaus ein guter Seemann werden kann. Er weiß, was mit dem anderen Jungen passiert ist, und wird hoffentlich etwas vorsichtiger sein als dieser, wenn er in die Takelage klettert.
Aus naheliegenden Gründen habe ich ihm nicht gesagt, daß wir auf der

Rückreise nach Philadelphia nicht wieder in St. Thomas anlegen werden. Ich habe vor, in Rio zusätzliche Vorräte an Bord zu nehmen und dann, so Gott will, in einem Rutsch bis an die Mündung des Delaware zu segeln. Wenn sich an meinen Plänen nichts ändert, dann werden wir von Philadelphia weiter nach Le Havre in Frankreich segeln. Der Junge wird sich also selbst eine Passage zurück in die Karibik suchen müssen, außer, er segelt mit uns über den Atlantik. Ich habe jedenfalls Luther Anweisung gegeben, ihn hart ranzunehmen und einen guten Seemann aus ihm zu machen.

Es war vier Uhr nachmittags. Die mannigfaltigen Aufgaben an Bord wie Gerätschaften aufräumen, Tauwerk aufklaren und das Deck durch Abspritzen mit Seewasser vom Landstaub reinigen waren alle längst erledigt.

Erst jetzt, als es für die Mannschaft, abgesehen von Segelmanövern, nichts mehr zu tun gab, fand Timothy Zeit, sich ein wenig umzusehen. Nun war er wirklich auf See, und das Leben, nach dem er sich so lange gesehnt hatte, war zur Wirklichkeit für ihn geworden. Wenn er morgen früh aufwachte, würde er nicht mehr in einer Hütte in der Hinterstadt liegen.

Die See hatte im Lauf der vergangenen Stunden eine tiefblaue Farbe angenommen, und gewaltige, weiße Wolken hatten sich am westlichen Himmel aufgetürmt. Als sich die *Theismann* in der langen Dünung hob und senkte, hörte Timothy ein rhythmisches Knarzen und Knacken aus der Takelage und das Zischen des Wassers unter dem Kiel.

Timothy ging nach vorne, setzte sich aufs Bugspriet und schaute lange Zeit wie hypnotisiert geradeaus. Dann drehte er sich um und sah auf die vom Wind geblähten Segel hoch oben am Mast – die Marssegel, die Bramsegel, die Royals.

Er ging auf dem warmen Holzdeck, dessen Fugen mit Teer ausgegossen waren, nach achtern und lehnte sich neben dem großen Steuerrad an die Steuerbordreling. Dort sah er Horace Simpson beim Steuern des Schiffes zu und fragte sich, wie lange es wohl dauern würde, bis der Kapitän und der Maat auch ihn ans Ruder ließen. Mr. Tanner hatte die Wache.

Der Kapitän trug immer noch die weiße Uniform, die er beim Verlassen des Hafens getragen hatte – weißes Hemd, weiße Hose, weiße Schuhe – und eine blaue Mütze, unter der sein graues, lokkiges Haar hervorschaute. Er rauchte eine Pfeife und ließ den Blick hinaus in die Ferne schweifen.

Timothy wußte, daß er aus verschiedenen Gründen niemals so gut aussehen würde wie dieser Kapitän. Wenn er dereinst einmal seinen eigenen Schoner haben würde, dann würde er barfuß darauf herumlaufen. Seine Hose wäre zerrissen und sein Hemd abgetragen und voller Flecken. Aber sein Aussehen wäre ihm egal, wenn er nur Kapitän der *Hannah Gumbs* wäre.

Seit er an Bord war, mußte Timothy immer wieder an den *Bukra*-Jungen denken, der aus dem Kreuzmast gestürzt war. Die Masten waren so hoch, daß es ihm die Kehle zuschnürte, wenn er hinaufsah. Die Quersaling, von der sein Vorgänger heruntergefallen war, bestand aus zwei horizontal am Mast befestigten Hölzern, über denen ein paar Planken eine winzige Plattform hoch oben am Kreuzmast bildeten. Wenn man vom Deck aus hinaufsah, kam es einem fast so vor, als wäre die Quersaling hoch oben in den Wolken.

Früher oder später, das wußte Timothy genau, würde er auf alle diese Masten klettern und dort die Segel an den Rahen festmachen oder losbinden müssen. Und zwar bei gutem Wetter ebenso wie bei tobendem Sturm. Er würde lernen müssen, wie man sich dort oben festhielt, auch wenn das Schiff noch so stark stampfte und schlingerte. Jetzt, an seinem ersten Tag an Bord, bei ruhiger See und leichter Brise, fragte er sich, ob er sich wohl trauen würde, dort hinaufzuklettern. *Warum versuchst du es nicht jetzt gleich?*

Etwa zwanzig Minuten lang starrte Timothy die Abfolge von Wanten an, die bis hinauf zum Royalsegel des Kreuzmasts führten. Dann holte er tief Luft und ergriff die erste Tausprosse, wobei er seine Augen unverwandt nach oben auf die Mastspitze gerichtet hielt. Sie bewegte sich da oben in ihrer schwindelerregenden Höhe

von sechzig Metern langsam hin und her. Mit klopfendem Herzen blickte er hinauf zu den großen Segeln und dem Himmel über dem Topp, der äußersten Spitze des Mastes. Dann kletterte er weiter.
Als Horace Simpson ihn hoch über dem Deck erblickte, rief er ihm zu: »Schau bloß nicht nach unten!«
Kapitän Roberts hörte ihn und sah ebenfalls hinauf.
Timothy hielt einen Augenblick inne und spürte, wie die Angst ihm die Brust zusammenschnürte. Er dachte daran, ganz vorsichtig wieder nach unten zu steigen, aber er wußte, daß Horace und möglicherweise auch der Erste Maat und der Kapitän ihn beobachteten. Vielleicht sogar noch ein paar andere mehr. Da kam ihm auf einmal zu Bewußtsein, wo er sich befand. Er klammerte sich an die Webleinen der Wanten, sah nach unten und erstarrte.
Wie eine Fliege, die am Leim klebte, konnte er jetzt weder vor noch zurück. Obwohl die Luft noch ziemlich warm war, trat ihm der kalte Schweiß auf die Stirn.
Von unten hörte er kein Wort. Er vermutete, daß alle an Deck inzwischen wußten, was passiert war. Sie waren alle erfahrene Seeleute und hatten so etwas sicher schon öfter mit angesehen.
Würde jemand heraufklettern und ihn hinunterholen? Würden sie ihn an ein Seil binden und langsam aufs Deck herablassen? Damit hätte er sich schon an seinem ersten Tag auf See bis auf die Knochen blamiert. »Du hast mich angelogen, Niggerboy«, würde Luther sagen. »Du bist ja noch ein Kind … und garantiert keine sechzehn Jahre alt.« Und dann würde er ihn auslachen.
Tante Hannah hatte recht gehabt. Lügen hatten wirklich kurze Beine. Timothy wußte, daß seine Angst es ihm nicht erlauben würde, seinen Körper zu bewegen, ganz gleich, wie sehr er sich auch bemühte. Er hatte seine Hände so fest um die Taue der Wanten gekrallt, daß sie ihm schon weh taten, aber er konnte sie nicht lösen. Seine Füße fühlten sich an wie Steine. Das war bestimmt die Strafe dafür, daß er den Kapitän angelogen und ihm gesagt hatte, er sei sechzehn. Falls er jemals wieder lebend von hier herunterkommen sollte, würde er ihm gestehen, wie alt er wirklich war.

Würden sie ihn wirklich so lange hier oben lassen, bis die Kraft in seinen Armen und Beinen nachließ und er sich wie ein abgeschossener Vogel zu Tode stürzte wie der *Bukra*-Junge vor ihm?
Würden sie ihn hier oben lassen, bis es Nacht wurde?
Die einzigen Geräusche, die er hörte, waren das Flüstern des Windes in den Segeln und der Gesang der Leinen und Stage, in den sich das Knarren der Blöcke mischte. Sein eigenes Herz konnte er nicht schlagen hören, dabei hämmerte es wie wild in seiner Brust. Er knirschte mit den Zähnen und klammerte sich noch fester.
Timothy hatte keine Ahnung, wieviel Zeit wirklich vergangen war, aber es kam ihm so vor, als ob er schon seit mindestens einer Stunde wie eine kranke, kraftlose Fliege hier oben hing. Die Sonne bewegte sich auf den Horizont zu, und aus Thomas' Kombüse stieg der Duft von gebratenem Fisch auf. Timothy brachte es immer noch nicht übers Herz, nach unten zu rufen: »Kommt rauf und holt mich! Bitte, bringt mich wieder runter von hier!«
Nach einer Weile hörte er, wie Thomas die Mannschaft zum Essen rief, und wußte, daß der Kapitän und Mr. Tanner sich für ihre Mahlzeit unter Deck begeben hatten. Vielleicht hatte jemand Horace am Ruder abgelöst.
Als die untergehende Sonne mit ihren Strahlen das Royalsegel zu vergolden schien, kümmerte sich immer noch niemand um Timothy.
Er schaute hinauf zu seinem Ziel, der Quersaling über der Royalrah des Kreuzmasts, und versuchte, seine Finger von einer Tausprosse zu lösen und gleichzeitig eines seiner Beine zu bewegen. Er schluckte und biß die Zähne zusammen, aber sein Körper wollte ihm einfach nicht gehorchen. Er war wie gelähmt.
Die Sonne verschwand hinter dem Horizont, das Meer nahm eine graue Farbe an, und Timothy hing noch immer bewegungslos in den Wanten. Die Segel wurden dunkel und der Wind merklich kühler. Timothy blickte auf das Heck der *Theismann* und sah die breite, helle Schaumspur, die das Schiff ins Wasser gezeichnet hatte. Er wußte jetzt, daß die Mannschaft ihn auch die ganze Nacht hier

oben lassen würde, wenn er sich nicht selber half. Oder hinunterfiel und starb.

Kurz bevor es vollkommen dunkel wurde, spürte er, wie sich die Wanten unter ihm bewegten, und hörte eine Stimme sagen: »Jetzt kletter hinauf zur Quersaling, Timothy. Nimm eine Sprosse nach der anderen.«

Es war Horace Simpson, der ihn am Fußknöchel berührte und sagte: »Eine Sprosse nach der anderen, und hör nicht auf zu steigen, Junge.«

Timothy spürte, wie seine Hände sich entkrampften und die Kraft in seine Beine zurückkehrte. Er griff nach der nächsten Sprosse.

Die ganzen zwanzig Meter, die noch bis zur Quersaling fehlten, sprach Horace auf Timothy ein. Er sagte, daß es durchaus keine Schande sei, wenn man sich beim ersten Mal hier oben auf einmal nicht mehr bewegen könne, und daß Luther mit ihm um einen Vierteldollar gewettet habe, daß der Junge entweder die ganze Nacht auf dem Mast bleiben oder wie sein Vorgänger herabstürzen würde. Und dann sagte Horace, daß er mit Timothy oben bleiben werde, bis der Mond aufging. Bei Mondlicht habe man den schönsten Blick übers nächtliche Meer.

Als sie nebeneinander auf der schmalen Plattform saßen und ihre Füße in der Luft baumeln ließen, gestand Timothy Horace, daß er erst vierzehn war.

»Sag das bloß niemand anderen als mir.«

»Nicht mal dem Käpt'n?«

»Niemandem. Je mehr die dich für einen Mann halten, desto länger überlebst du hier draußen«, sagte Horace.

Timothy sah ein, daß er recht hatte und beschloß, den Mund zu halten.

Horace erzählte ihm, daß er nun schon fast fünfzig Jahre zur See fahre und seine erste Reise 1838 mit einer Schonerbark von Mobile aus unternommen habe. Damals war er ebenfalls erst vierzehn Jahre alt gewesen. Seine Kindheit hatte er auf einer Plantage am Ufer des Flusses Tombigbee verbracht, dessen schlammiges Wasser in den

Alabama River floß und zusammen mit diesem bei Mobile ins Meer mündete.
Timothy fragte Horace, warum er nach all den Jahren auf See nicht Kapitän oder zumindest Maat geworden war.
»Auf großen Schiffen wie diesem hier gibt es kaum mal einen schwarzen Maat und Käpt'n schon gar keinen.«
»Aber Luther ist doch auch ein Schwarzer.«
»Aber nur zum Teil, und das ist entscheidend.«
»Warst du als Junge eigentlich ein Sklave?« fragte Timothy. In der Dunkelheit konnte er Simpsons Gesicht kaum mehr erkennen.
»Ja. Und auch als Mann war ich noch Sklave, bis Lincoln uns in den sechziger Jahren befreite. Ist also kein Wunder, daß ich nie die Chance hatte, Maat zu werden. Aber ich habe trotzdem lieber auf Schiffen als in den Baumwollfeldern gearbeitet.«
Während sie hoch über dem Deck in der warmen Nachtluft hockten und Timothys Angst sich langsam legte, erzählte er Horace davon, daß er einmal mit seinem eigenen Schoner zwischen den Großen und Kleinen Antillen Fracht und Passagiere befördern wolle. Das sei sein größter Traum, sagte er.
Horace lachte leise und sagte, daß Timothy noch viel über Schiffe lernen müsse, bevor er daran denken könne, Kapitän zu werden.
Um zehn Uhr, als der Mond aufgegangen war, kletterten sie von der Quersaling wieder hinunter an Deck. Luther Oisten hatte Wache, und Phelps stand am Ruder.
»Den Vierteldollar kriegst du nicht«, sagte Oisten zu Horace. »Du hast ihn ja selbst heruntergeholt.«
»Gute Nacht, Bootsmann«, sagte Horace und machte sich auf den Weg zum Logis.
Während die *Theismann* auf ihrem Weg nach Süden gegen den Wind ankreuzte, lag Timothy in seiner Koje und fragte sich, ob sein Vater, den er nie kennengelernt hatte, wohl so wie Horace Simpson war.
Oder war er eher wie Luther Oisten, der gemeine Bootsmann?

15

Devil's Mouth

»Rate mal, was ich heute gemacht habe«, sagte mein Vater. Seine Stimme klang ganz aufgeregt.

»Einen Stadtbummel«, sagte ich. Es war später Nachmittag, und meine Eltern waren eben zu mir in mein Krankenzimmer gekommen.

»Nein. Ich war im Hydrographischen Institut und habe mir ein paar Seekarten und ein Segelhandbuch für die Karibik geholt.«

Er legte mir ein Buch und etliche zusammengefaltete Karten in den Schoß.

Meine Mutter wollte wissen, wie es mir ging. Ihre Stimme klang gedämpft und traurig.

»Gut«, sagte ich. »Sehr gut.«

Dr. Pohl wollte mich morgen früh operieren, aber ich versuchte, nicht daran zu denken.

Ich wußte, daß Mutter noch immer darauf hoffte, daß ich es mir anders überlegen oder daß mein Vater doch noch auf ihre Meinung umschwenken würde und wir dann im letzten Augenblick alle zusammen zu Dr Pohl gehen und sagen würden: »Nein, danke, wir wollen jetzt doch keine Operation.«

»Ich habe all die Orte gefunden, von denen Timothy dir erzählt hat«, sagte mein Vater. »Und außerdem gibt es noch ein paar andere Inseln, die vielleicht in Frage kämen. Paß auf, ich lese dir zum Beispiel mal die Navigationsanweisungen für Roncador vor ...«

Er nahm das Buch aus meinem Schoß und begann zu blättern.

»Die Roncador-Bank – (13 Grad 34 Minuten nördliche Breite, 80 Grad 04 Minuten westlicher Länge) – liegt fünfundsiebzig Meilen Ost-Nordost von der Isla de Providencia. Die steil abfallende

Korallenbank ist etwa sieben Meilen lang und dreieinhalb Meilen breit. Die Insel Roncador Cay besteht aus Korallen und Sand. Sie liegt am nördlichen Ende der Untiefe und ragt etwa vier Meter aus dem Wasser hervor. Ansonsten besteht das Gebiet aus Riffen und Sandbänken ...«
Ich versuchte, mir aufgrund der Beschreibung ein Bild zu machen.
»Steht in dem Buch auch etwas über die Serrana-Bank?«
»Ja. Da steht, daß sie aus gefährlichen Untiefen etwa vier Meilen Nord-Nordost von Roncador besteht.«
»Und was ist mit Quita Sueño?«
»Ist auch drin. ›Liegt mit ihrer Südspitze etwa neununddreißig Meilen nord-nordöstlich der Isla de Providencia und ist sehr steil abfallend und gefährlich. Besondere Vorsicht wird Schiffen angeraten, die Quita Sueño östlich passieren, da es dort eine starke Weströmung gibt ...«
»Was steht über Seranilla da?« Timothy und Kapitän Murry hatten beide diese Untiefe erwähnt.
»Die liegt achtundsiebzig Meilen nord-nordöstlich von der Serrana-Bank, ist vierundzwanzig Meilen lang, zwanzig Meilen breit und sehr steil abfallend.«
»Steil abfallend bedeutet, daß die Korallenriffe fast senkrecht aus dem Meer steigen, oder?«
»Ja.«
Irgendwo zwischen all diesen Eilanden, Korallenriffen und Sandbänken mußte sich Timothys Insel befinden. Unsere Insel.
»Ich wünschte, du könntest einen Blick auf diese Seekarte werfen. Aber bald wirst du es ja können! Auf jeden Fall, da gibt es überall Inseln, Inselchen, Untiefen und Riffe, und jeder, der dort schon einmal gewesen ist, wird dir sagen, daß nicht einmal die Hälfte von ihnen kartographisch erfaßt sind. Da mit einem Schiff durchzufahren ist wie ein Spaziergang durch ein Minenfeld.«
Das hatten Timothy und Kapitän Murry auch gesagt.
»Ich glaube, ich werde eine Runde um den Block drehen«, sagte Mutter.

Mein Vater sagte nichts. Vielleicht sah er sie an, als sie aus dem Zimmer ging. Dann fing er ganz langsam wieder an. »Nun, jedenfalls habe ich mit einem Mann von unserer Ölgesellschaft gesprochen, der mit kleinen Tankern bis nach Bluefields und Puerto Cabezas in Nicaragua gefahren ist und dabei genau durch diese Gewässer mußte. Er sagte, sie seien ausgesprochen gefährlich und voller Wracks …«

»Das hat auch Kapitän Murry gesagt.«

»Paß auf, ich habe folgenden Plan: Wir mieten uns in Panama ein sieben, acht Meter langes Segelboot mit wenig Tiefgang. Mit dem segeln wir dann nach Catalina Harbor auf der Isla de Providencia, die politisch zu Kolumbien gehört. Dort suchen wir uns einen Schildkrötenfischer, der uns zum Devil's Mouth lotsen kann. Die Strecke von Panama nach Providencia dürfte so an die zweihundertfünfzig, zweihundertfünfundsiebzig Meilen lang sein. Na, was meinst du dazu?«

»Klingt toll«, sagte ich. *Aber würde ich es erleben?*

»Der Mann in Curaçao meinte, daß die Schildkrötenfischer die einzigen sind, die diese Gewässer wirklich kennen. Also sollten wir auf ihre Erfahrungen zurückgreifen. Ist einfach sicherer.«

Ich nickte.

»Wenn wir dort hinkommen, ankern wir so nahe an Devil's Mouth, wie es geht. Dann springst du über Bord und schwimmst zu deiner Insel. Wenn sie es wirklich ist, dann schwimme ich dir nach, und du kannst mir alles zeigen: die Palmen, auf die du geklettert bist, die Hütte, falls sie noch da ist, das Riff, an dem du gefischt hast, Timothys Grab …«

»Wann fahren wir hin?« fragte ich und kämpfte mit den Tränen.

»Im nächsten Frühling. Die Regenzeit beginnt im Mai, und in den Segelhandbüchern steht, daß von Mitte Juni bis Anfang November starke nordöstliche Winde wehen und die See dort ziemlich rauh machen … «

Ich wußte genau, warum er soviel von dieser Reise sprach. Er wollte mir Mut für die morgige Operation machen.

»Ich werde mir einen Sextanten ausleihen und im kommenden Winter meine Navigationskenntnisse auffrischen«, sagte er.

Würde ich diesen Winter erleben? Und wenn ja, würde ich wieder sehen können?

»Wir müssen alles rechtzeitig planen.«

In seinen jüngeren Jahren war Dad ein begeisterter Hochseesegler gewesen. Als er achtundzwanzig und noch nicht mit meiner Mutter verheiratet war, war er mit einem sieben Meter langen Kutter ganz allein zu den Bermudas gesegelt.

Ich versuchte, einzig und allein daran zu denken, was für einen Spaß es machen würde, mit ihm zusammen nach der Insel zu suchen.

»Ich schaue gerade auf die Seekarte. Die Reise nach Providencia Island dürfte uns eigentlich keine Probleme bereiten, bis wir in die Gegend der Cayos du Albuquerque, des Cayo Bolivar oder San Andres Island kommen. Bis dahin haben wir vom Panamakanal weg jede Menge tiefes Wasser.

Dr. Pohl wollte mir ein Fenster in den Kopf sägen.

»Wie lange werden wir bis zur Isla de Providencia brauchen?«

»Laß mich mal rechnen ... so ein Boot läuft seine fünf Knoten ... sagen wir mal, drei Tage, bei gutem Wind. Höchstens vier ...«

Dr. Pohl sagte, daß es zu kleineren Anfällen kommen könne. Aber auch zu größeren.

»Und wie lange bleiben wir dann dort?«

»Nur so lange wir brauchen, um einen Führer anzuheuern.«

Ein Patient war Dr. Pohl schon auf dem Operationstisch gestorben.

»Wie lange dauert es, bis wir von Providencia zu meiner Insel kommen?«

»Noch mal zwei Tage, wenn wir Glück haben. Vielleicht wissen die Schildkrötenfischer ja genau, wo sie ist, und wir müssen sie nicht lange suchen ...«

Ein anderer Patient bekam einen schweren Hirnschaden.

Mein Magen begann sich zu verkrampfen. Sosehr ich es auch versuchte, ich konnte mich einfach nicht dazu bringen, nicht an mor-

gen zu denken. Ich wollte den Operationstisch, den Äthergeruch und die Drahtsäge aus meinen Gedanken verbannen, aber es gelang mir nicht. Meine Hände begannen zu zittern, und am liebsten hätte ich laut herausgeschrien: »Ich werde ja doch blind bleiben!« Aber da kam meine Mutter zurück.
Sie sagte: »Ich habe im Flur gerade Dr. Pohl getroffen, und er war ganz zuversichtlich, daß morgen alles gut verlaufen wird.«
Das hatte er mir schon heute früh gesagt.
»Könnte ich bitte ein Glas Wasser haben?« bat ich.
Ich haßte es, daß ich wegen jeder Kleinigkeit jemanden bitten mußte. Aber ich hatte bereits zwei Gläser vom Nachttisch gestoßen bei dem Versuch, nach ihnen zu greifen.
Mutter führte mir den Strohhalm an die Lippen und sagte: »Draußen ist es wirklich schön und nicht zu heiß.« Noch in der Nacht hatte es geregnet. »Hast du vielleicht Lust auf einen Spaziergang, Phillip?«
»Warum nicht?« sagte ich. Vielleicht würde er mich ja auf andere Gedanken bringen. »Die Schwester hat meine Schuhe in den Schrank gestellt. Kannst du sie mir bitte holen?« Ich war jetzt schon seit vierundzwanzig Stunden in diesem Zimmer und wußte immer noch nicht, wo der Schrank war. Es schien so, als würde ich alle zehn Sekunden auf irgendeine Weise daran erinnert, daß ich blind war.
Zwischen meinen Eltern ging ich hinaus auf den Flur. Dann verließen wir das Krankenhaus, und mein Vater legte mir die Hand auf den Arm und führte mich. So machten wir einen ausgedehnten Spaziergang. Die Nachmittagssonne wärmte mir das Gesicht, und das Geräusch von fahrenden Autos drang mir an die Ohren. Die Auspuffgase hatten einen bitteren Geruch. Aber weder Geräusche noch Gerüche störten mich. Ich hieß sie sogar willkommen, denn ich wußte nicht, ob ich jemals in meinem Leben wieder die Wärme der Sonne spüren, Verkehrslärm hören oder Abgase riechen würde. Auf einmal war die Angst vor der Operation wieder da.

Ich stolperte und fiel hin und konnte nur mit Mühe über mein Mißgeschick lachen.

Als wir wieder in meinem Krankenzimmer waren, redeten wir nur wenig. Es gab nicht mehr viel zu sagen.

Es roch nach Essen, und ich hörte, wie die Wagen mit den Tabletts den Flur entlanggeschoben wurden. Ich würde heute abend allerdings nichts mehr bekommen, denn für die Operation mußte ich nüchtern sein. Das erinnerte mich schon wieder an morgen.

Kurz vor dem Ende der Besuchszeit kam die Nachtschwester und sagte unbekümmert: »Ist das nicht ein herrlicher Sonnenuntergang?«

In diesem Augenblick wußte ich, daß mir keine andere Wahl blieb, als die Operation machen zu lassen. Es gab noch so viele Sonnenuntergänge und Sonnenaufgänge, die ich sehen wollte. Von Inseln ganz zu schweigen.

Meine Eltern blieben neben meinem Bett stehen und hielten meine Hände. Dann war es meine Mutter, die sagte: »Wir lieben dich so sehr, Phillip, und wir haben großes Vertrauen zu dir und Dr. Pohl.« Sie beugte sich über mich und küßte mich. »Wenn du wieder gesund bist, fahren wir aufs Empire State Building – versprochen.«

»Und denk dran: Wir brauchen deine Augen, damit du vor Providencia Ausguck nach Korallenriffen halten kannst«, sagte mein Vater.

Er drückte mir die Hand so fest, daß es mir weh tat.

Möglicherweise waren das die letzten Worte, die ich von den beiden gehört hatte.

16

Der Sturm

April 1886. Unter vollen Segeln glitt die *Gertrude Theismann* weit draußen auf dem Atlantik dahin. Als sie sich etwa 250 Meilen von Trinidad und Tobago entfernt der Westspitze Südamerikas näherte, geriet sie in schlechtes Wetter. Am frühen Nachmittag schoben sich von Osten dunkle Gewitterwolken heran, und aus der Ferne ließ sich dumpfes Donnergrollen vernehmen.

Niemand mußte Timothy extra darauf hinweisen, daß sich nach zehn Tagen mit mäßigem Wind und ruhiger See ein Sturm zusammenbraute. Er konnte ihn sehen, riechen und spüren. Die Luft war mit einem Mal ganz frisch und kühl geworden, und die straff gespannten Falle und Wanten begannen unter dem Druck des Windes zu vibrieren und zu singen. Timothy fühlte eine merkwürdige Aufregung in sich aufsteigen. Er hatte noch nie einen Sturm auf hoher See erlebt.

»Sofort das Deck aufklaren!« schrie Luther.

Das bedeutete, daß alles, was herumschlagen oder sich losreißen konnte, unter Deck gebracht oder sicher vertäut werden mußte. Alles, was in einem Sturm an Deck herumflog, konnte gebrochene Knochen oder noch Schlimmeres verursachen.

Timothy verstaute seinen Scheuerstein, mit dem er jetzt eine Woche lang täglich das Deck gescheuert hatte, und half dann Horace Simpson, die Taue um ein paar leere Fässer straffzuziehen, in denen man Regenwasser auffangen wollte.

Der kalte Wind fing an zu heulen, und Mr. Tanner gab mit lauter Stimme Befehl, die Royalsegel, das Kreuzsegel und den Außenklüver zu bergen.

Timothys Herz schlug schneller.
Das Kreuzsegel und der Außenklüver konnten ohne Probleme eingeholt werden, aber für die Royals mußte man auf die Masten klettern.
Timothy sah hinauf zu den windgefüllten Leinwandvierecken in luftiger Höhe. Beim Anblick der Wanten kam die alte Angst wieder zurück, und sein Atem wurde flach.
Während ein Regenschauer auf das Schiff herunterprasselte und sich die Sturmseen gefährlich auftürmten, bemerkte Luther Timothys Zögern und sprach ihn direkt an. »Los, rauf zum Royals Festmachen, verdammter Niggerboy …« Seine Augen funkelten so böse wie die Blitze, die rings ums Schiff aus den Wolken zuckten.
Jetzt war der Aufstieg keine bloße Mutprobe mehr. Diesmal konnte Timothy sich nicht wie ein Feigling an die Webleinen klammern und mitten im heulenden Sturm stumm um Hilfe beten.
»Kletter vor mir rauf, ich bleibe hinter dir!« schrie Horace und schob Timothy in Richtung Fockmast. Salzige Gischt prasselte auf sie herein. Das Schiff rollte und stampfte, hing schief auf den Wellen und neigte sich unter dem Druck der Segel immer weiter nach links. Wenn die Royalsegel nicht bald geborgen wurden, würde der Sturm sie von den Masten reißen.
Zum zweiten Mal innerhalb von zehn Tagen kletterte Timothy einen hohen Mast hinauf. Aber jetzt durchnäßte ihn der Regen, und der Wind zerrte an seinen Kleidern. Mit hämmerndem Herzen griff er in die Sprossen der Webleinen, sobald der Matrose vor ihm sie freigab. Er zwang sich dazu, ohne nachzudenken immer weiter hinaufzusteigen.
Durch das Toben des Sturmes hörte er Horace schreien: »Denk dran, was ich dir gesagt habe!«
Wenn du draußen auf der Rah bist, leg dich mit dem Bauch darauf und stell die Füße fest aufs Pferd. Wenn du dich bewegen mußt, dann mach keine Schritte, sondern rutsch auf dem Seil entlang.
Die »Pferde« genannten Fußseile hingen etwas mehr als einen Meter unter den Rahen. Darunter war nichts als leere Luft, und tief

unten waren das Deck des Schiffes und die kochende See. Wer hier hinunterfiel, war mit Sicherheit tot.
Timothy sah hinauf zu den über den Himmel wirbelnden Wolken und wünschte, er wäre zu Hause in der Sicherheit der Hinterstadt geblieben und hätte niemals einen Fuß an Bord eines Schiffes gesetzt. Aber er hörte nicht auf zu klettern.
Hinter ihm rief Horace immer wieder: »Weiter, weiter!« Dann schrie er auf einmal: »Jetzt nach Steuerbord!« Sie hatten die Royalrah des Fockmasts erreicht. Ein zwei Zentimeter dickes Seil war das einzige, was Timothy von dem Sturz in fünfzig Meter Tiefe und dem sicheren Tod trennte. Am liebsten hätte er die Augen geschlossen, aber er traute sich nicht.
Horace kletterte an ihm vorbei und schrie: »Komm mit raus, es wird schon gehen!«
Obwohl Timothy kaum Luft bekam, folgte er Horace hinaus auf die Rah. Er blickte nach links und sah, wie Luther mit einem breiten Grinsen auf dem Gesicht hinter ihm herkam. *So einen Wind hast du wohl noch nie erlebt, Niggerboy*, schien dieses Grinsen ihm sagen zu wollen.
Einen Augenblick später stand Timothy jeweils zweieinhalb Meter von Horace und Luther entfernt in der Mitte der Rah und zog an den Gordings das nasse Segel herauf. Er strengte die Muskeln an Armen und Beinen bis zum Äußersten an und bemerkte, daß er fast so stark wie der Bootsmann war. Für Angst hatte er jetzt keine Zeit. Er sah weder nach unten noch nach oben, nur auf die schwere, vom Regen durchnäßte Leinwand. *Holt sie rauf und macht sie fest.*
Noch zweimal stieg Timothy hinauf in die Wanten, und jedesmal hatte er mit derselben Angst zu kämpfen. Als er einmal am Großmast auf dem durchnäßten Pferd der Royalrah ausrutschte, stockte ihm der Atem, und sein Magen machte einen Ruck nach unten. Aber weil er Horaces Anweisungen genau befolgt und den Bauch fest auf die Rah gedrückt hatte, war alles halb so wild. Schon eine Sekunde später hatte er wieder einen sicheren Stand und konnte mit dem Bergen des Royalsegels fortfahren.

Nachdem die Segel festgemacht waren, fiel Timothy an Deck neben dem Kreuzmast zitternd vor Erschöpfung auf Hände und Knie. Es sah fast so aus, als spräche er ein Gebet. Obwohl der böige Wind ein wenig nachgelassen hatte, prasselte der Regen immer noch mit voller Stärke aufs Deck.
Als Timothy ein Paar braune Füße vor sich stehen sah, hob er den Kopf und schaute nach oben ins ausdruckslose Gesicht von Luther Oisten. »Rauf auf den Mast, Niggerboy«, befahl Luther. »Ich will wissen, ob ihr das Großroyal auch wirklich gut festgemacht habt!«
Alle wußten, daß das nicht nötig war, denn die Zeisinge waren so festgezurrt, daß sie auch drei Tage dem Wind standgehalten hätten oder drei Wochen, wenn's sein mußte.
Timothy sah hinüber zu Horace, der ganz in seiner Nähe stand. Horace starrte den Bootsmann an, als wolle er protestieren oder sogar eine Rauferei mit ihm anfangen. Aber Befehl war nun mal Befehl.
Schließlich sah Horace hinüber zu Timothy und sagte: »Tu, was er sagt.« *Mach den Bootsmann nicht wütend. Zeig ihm, daß du ein Mann bist! Zeig es ihm, verdammt noch mal!*
Luther grinste Horace an. »Der ist wohl dein kleiner Liebling, was?«
Horace nickte. »Irgendwie schon.«
Inzwischen war Timothy schon auf dem Weg zu den Wanten des Großmasts und hoffte, daß er noch genügend Kraft in Armen und Beinen hatte, um hinauf- und wieder herunterklettern zu können.
Kapitän Roberts und Mr. Tanner standen bloß da und schauten unbeteiligt zu. Schließlich hatte der Kapitän den Bootsmann ja extra angewiesen, den Jungen ordentlich ranzunehmen.
Als Timothy schließlich vollkommen erschöpft wieder unten an Deck war, haßte er Luther Oisten noch mehr, als er ihn fürchtete.
Horace trat auf ihn zu und sagte ganz ruhig zu ihm: »Du hast gewonnen, Timothy.«
Obwohl er erst vierzehn war, war Timothy den besten Seeleuten an Bord jetzt durchaus ebenbürtig.

17

Mein kahler Kopf

Etwa um acht Uhr abends, als meine Eltern längst wieder im Hotel waren, kam ein Pfleger zu mir ins Zimmer, um mir den Kopf zu rasieren. »Mein Name ist Harold«, sagte er, »und ich werde dir jetzt umsonst einen neuen Haarschnitt verpassen. Zuerst mit der Haarschneidemaschine und dann mit dem Rasiermesser.«

»Am ganzen Kopf?«

»Ja.«

»Warum muß denn das sein?«

»Damit während der Operation keine Keime in die Wunde gelangen können. Der Doktor will es so.«

Ich mußte mich auf einen Stuhl setzen, und bald begann die elektrische Haarschneidemaschine zu brummen. Sollte ich mich jemals wieder im Spiegel sehen können, dann würde ich bestimmt über meinen Glatzkopf erschrecken.

»Was für eine Operation machen die denn an dir?« fragte Harold.

»Ich habe deformierte Blutgefäße im Kopf, die mir den Sehnerv abdrücken. Dr. Pohl will versuchen, sie zu reparieren und den Druck zu verringern. Und dann werde ich wieder sehen können.«

Hoffentlich, dachte ich mir insgeheim.

»Dr. Pohl ist ein guter Arzt. Ich habe noch nie irgendwelche Klagen über ihn gehört«, sagte Harold.

»Er soll ja weltberühmt sein«, sagte ich.

»Tatsächlich?« fragte Harold, und das Brummen hörte auf. Als er mir mit einer Bürste den Kopf saubermachte, fielen mir abgeschnittene Haare ins Gesicht. »So, und jetzt werde ich deinen Kopf mit Rasierschaum einseifen.«

Als mein Kopf voller warmem Schaum war, sagte Harold, daß er nun ein Rasiermesser in der Hand halte. »Und jetzt solltest du besser still sitzen, sonst müssen die noch heute abend eine Notoperation an dir vornehmen«, fügte er lachend hinzu.
Ich spürte, wie das scharfe Messer über meine Kopfhaut glitt. Es kitzelte mehr, als daß es weh tat.
»Hoppla!« sagte Harold auf einmal.
Ich spürte, daß er mich geschnitten hatte.
»Nur ein kleiner Kratzer. War meine Schuld, tut mir leid. Aber halt trotzdem weiter schön still.«
Als Harold mir den Kopf abtrocknete, hörte ich auf einmal eine weibliche Stimme.
»Hi, ich bin Dr. Leonard.« Eine Hand drückte die meine, und ich konnte das Parfüm der Frau riechen. »Ich bin deine Narkoseärztin. Ich werde dich morgen früh in einen tiefen Schlaf versetzen.«
»Das kann die Frau Doktor besonders gut«, sagte Harold. »So, jetzt darfst du wieder in dein Bett.« Er wünschte mir noch viel Glück für morgen und ging.
Ich fuhr mir mit der Hand über den Kopf. Er fühlte sich so glatt an wie eine Bowlingkugel. Ich war fast froh, daß ich mich nicht sehen konnte.
Nachdem ich wieder ins Bett geklettert war, sagte Dr. Leonard: »Du bist das Tagesgespräch im ganzen Krankenhaus. Wir hatten noch nie einen Patienten von einer einsamen Insel. Du warst ja so was wie ein moderner Robinson Crusoe …«
So hatten mich die Zeitungen und das *Time*-Magazin genannt, und in *Life* war ein Bild von mir abgedruckt gewesen, wie ich mit Stew im Arm die Gangway der *Sedgewick* herunterkam.
»Stört es dich, wenn ich mich ein paar Minuten zu dir ans Bett setze?« fragte die Narkoseärztin. Ihre Stimme klang ziemlich jung.
»Nein, überhaupt nicht.«
»Wir fragen uns natürlich alle, wie es wohl auf so einer einsamen, tropischen Insel wirklich ist. Eigentlich beneide ich dich ja fast um deine Erlebnisse dort.«

»Es war ganz anders, als man es sich so vorstellt«, sagte ich.
»Ich habe gelesen, daß nur ein alter Neger bei dir war. Und eine Katze.«
»Das stimmt. Timothy starb auf der Insel, aber die Katze ist bei mir zu Hause in Curaçao.«
»In Curaçao? Wie interessant. Wohnst du schon lange dort?«
»Zwei Jahre, die Zeit auf der Insel mit eingerechnet.«
»Soviel Glück wie du möchte ich auch mal haben«, sagte sie und hielt inne. Offenbar war ihr wieder eingefallen, daß ich blind war und eine schwierige Operation vor mir hatte. »Ich werde morgen mein möglichstes tun, damit die Operation für dich schmerzfrei und erfolgreich verläuft. Macht es dir etwas aus, wenn ich dir ein paar Fragen stelle? Mit deinen Eltern habe ich schon gesprochen.«
»Fragen Sie mich, was Sie wollen.«
»Dr. Pohl hat mir erzählt, daß man dir vor ein paar Jahren die Mandeln herausgenommen hat. Gab es dabei irgendwelche Schwierigkeiten?«
»Nein. Aber die Narkosemaske habe ich mir trotzdem nicht gerne aufsetzen lassen. Dieser Äther stinkt ja gotterbärmlich.«
»Stimmt, das tut er. Ich werde dir morgen in aller Früh von der Schwester ein Beruhigungsmittel verabreichen lassen, dann bist du fast eingeschlafen, wenn man dich in den Operationssaal fährt. Hattest du damals unter irgendwelchen Nachwirkungen der Narkose zu leiden?«
»Als ich aufwachte, war mir vom Magen her ziemlich schlecht, außerdem tat mir der Hals fürchterlich weh. Und ich durfte kein Wasser trinken, nur an einem Eiswürfel lutschen.«
»Das war nur deshalb, weil du am Hals operiert wurdest. Diesmal darfst du soviel Wasser trinken, wie du willst.«
Ich nickte, und dann stellte ich ihr eine Frage, die mich schon seit der Besprechung bei Dr. Pohl vor fast einer Woche beschäftigte.
»Werde ich es eigentlich spüren, wenn Dr. Pohl anfängt zu bohren?«
»Nein, das wirst du garantiert nicht. Ich verspreche es dir. Ich bin schließlich dafür da, daß du nicht das geringste spürst.«

»Und wie wird es sein, wenn ich wieder aufwache?«
»Ich will ehrlich zu dir sein, Phillip. Du wirst dich vermutlich nicht allzu gut fühlen. Du wirst sehr schwach und müde sein, und außerdem wirst du Schmerzen im Hinterkopf haben.«
»Was meinen Sie, werde ich wieder sehen können?«
»Das will ich doch hoffen«, sagte sie. »Dr. Pohl ist einer der besten Chirurgen auf der ganzen Welt. Er hat schon wahre Wunder gewirkt.«
»Hoffentlich auch an mir«, sagte ich.
Sie nahm meine Hand und drückte sie fest. Dann hörte ich am Quietschen der Stuhlbeine auf dem Linoleumboden, daß sie aufstand. »Die Schwester wird dir um neun Uhr eine Schlaftablette bringen, damit du die Nacht gut durchschläfst und morgen früh schön ausgeruht bist. Um sechs Uhr sehen wir uns wieder.«
Sie sagte noch: »Schlaf gut«, und dann hörte ich, wie sich ihre Schritte entfernten. Mittlerweile erkannte ich am Knirschen der Sohlen, wenn jemand kam oder ging. Ihr Parfüm konnte ich noch eine ganze Weile riechen.
»Sieh mal einer an«, sagte die Schwester, als sie um neun Uhr mit der Schlaftablette kam. »Du hast ja einen wirklich hübschen Kopf ohne Dellen oder so was.«
»Sehe ich komisch aus?« fragte ich und fuhr mit den Handballen über meinen vollkommen kahlen Kopf.
»Nein, bloß anders. Aber ich sage jedem Patienten, der kahlrasiert wird, daß die Haare schon nach zwei Stunden wieder zu wachsen anfangen. Das tun sie wirklich. Schon Ende der Woche wirst du die ersten Stoppeln spüren.«
»Ist das wahr?«
»Hundertprozentig! Und jetzt schluck deine Tablette runter ...« Sie legte mir eine Pille in die linke Hand und drückte mir ein Glas Wasser in die rechte.
Ich schluckte die Pille und trank einen Schluck.
Dann schüttelte sie mir das Kissen auf und sagte wohl aus Gewohnheit: »Und jetzt machen wir ganz rasch das Licht aus.«

Ich sagte nichts.
Die Schwester nahm meine Hand und hielt sie eine Weile in der ihren. »Mein Dienst endet um Mitternacht, aber du brauchst dir wegen morgen wirklich keine Sorgen machen. Wenn es einen Patienten hier im Krankenhaus gibt, der eine Super-Sonderbehandlung bekommt, dann bist du das. Morgen nachmittag um vier Uhr bin ich wieder da.«
Sie beugte sich über mich und gab mir einen Kuß auf die Stirn.
»Gute Nacht«, sagte sie und entfernte sich auf knarzenden Sohlen.
Danach hörte ich nur noch die Krankenhausgeräusche, die jetzt, am Abend, schon merklich leiser waren als untertags. Ich erinnere mich noch daran, daß ich auf einmal über die erste Stunde meiner Blindheit nachdachte. Als ich auf dem Floß bemerkte, daß ich nichts mehr sehen konnte, überfiel mich eine Angst, die mir fast die Luft abschnürte. Wenn man blind wird, nachdem die Augen ganz langsam immer schlechter wurden, ist man vermutlich auf die Blindheit sehr viel besser vorbereitet, als ich das war. Mich traf es plötzlich und unvermittelt, und ich drehte im ersten Moment völlig durch.
In der ersten Stunde mußte Timothy mich festhalten. Wirklich fest.

18

Wieder daheim

April 1890. Mit einem angedeuteten Lächeln auf den Lippen und einem wehmütigen Blick der Erinnerung in den Augen stand Timothy in der Kühle des frühen Morgens auf dem taufeuchten Deck der SS *Bartolina* und sah St. Thomas in der Ferne auftauchen. Es kam ihm so vor, als würde der blaßgrüne Kegel von Crown Mountain ihn ganz speziell willkommen heißen. Vier Jahre lang hatte er sich auf diesen Augenblick gefreut.

Nachdem er mit der *Gertrude Theismann* nach Rio, dann nach New York, nach Frankreich und wieder zurück nach New York gesegelt war – diese Reise dauerte allein schon sieben Monate –, hatte er mit dem Schiff noch auf fünf weiteren Reisen Kaffee von Rio nach Amerika und einmal sogar nach England befördert. Nie war er dabei auch nur in die Nähe der Kleinen Antillen gekommen. Vor einem Monat schließlich hatte er sich ohne Erlaubnis von Bord geschlichen.

Wie sagte Tante Hannah immer? »Eine jede Krabbe kommt einmal zu ihrem Sandloch zurück.«

Tante Hannah. Mr. Tanner, der Erste Maat der *Theismann*, war so freundlich gewesen, für Timothy zwei kurze Briefe an sie zu schreiben, die dieser dann nach St. Thomas geschickt hatte. In diesen Briefen hatte Timothy Tante Hannah mitgeteilt, daß er noch am Leben war, daß er ständig an sie dachte und daß er sie liebte und sehr vermißte. Allerdings hatte Timothy keine Ahnung, ob Tante Hannah die Briefe jemals erhalten hatte.

Aber jetzt kehrte er heim, und das war das Wichtigste. Er hatte sich die Überfahrt auf der *Bartolina* von New York nach St. Thomas dadurch verdient, daß er auf dem Schiff als Matrose arbeitete. So etwas machten Seeleute ziemlich häufig, wenn sie wenig oder gar kein Geld hatten.

Timothy hatte sich in den letzten vier Jahren verändert. Körperlich ebenso wie in seinem Denken, und er war sich dessen voll bewußt. Als er die Insel verlassen hatte, war er noch ein Junge gewesen, und nun kehrte er als ein junger Mann von achtzehn Jahren wieder zurück. Er war jetzt über eins achtzig groß, und sein Körper war von der vielen Arbeit in der Takelage gestählt. Bei Tag und Nacht, bei schönem Wetter oder Sturm war er in die Masten geklettert und hatte mit den oft widerspenstigen Segeln gekämpft. Von so etwas bekam man kräftige Muskeln.

An Bord der *Theismann* hatte er viel gelernt, sogar vom Bootsmann Luther Oisten. Nun aber hatte sich Timothy geschworen, daß er nie wieder sein eigenes Meer verlassen würde, die sonnige Karibik mit ihren vielen schönen Inseln. Auf seinen beiden Reisen über den Atlantik hatte er Stürme, Schnee und Eis bis zur Genüge erlebt. Von jetzt an würde er nur noch dort segeln, wo die Palmen wuchsen und die sanften Passatwinde wehten, wo Himmel und Ozean fast das ganze Jahr über blau waren. Timothy hatte noch immer etwas gegen Schuhe.

»Da, das ist sie. Meine Insel«, sagte er zu dem *Bukra*-Matrosen, der neben ihm stand.

Jetzt beleuchtete die aufgehende Sonne die Spitze von Crown Mountain.

»Vier Jahre lang habe ich fast täglich Heimweh gehabt. Nach dem warmen Wind hier ...« Timothys Lächeln war fast so strahlend wie die Sonne, als er verträumt nach vorne zum Crown Mountain sah.

»Wer wartet denn daheim auf dich?« fragte der Matrose.

»Meine Tante Hannah, die Frau, die mich aufgezogen hat.«

»Keine Freundin?« fragte der Matrose

Timothy lachte. »Nicht daß ich wüßte.« Die ganzen vier Jahre lang hatte er fast nie an Mädchen gedacht, weil sein Kopf viel zu voll von der Seefahrt gewesen war. Aber vielleicht würde sich das ja jetzt ändern.

»Hast du vor, an Land zu bleiben?«

Darüber hatte Timothy lange nachgedacht. Natürlich wollte er eine Weile bei Tante Hannah bleiben und das tun, was er vor seiner Abfahrt auch getan hatte: Mit Wobert Avril zum Fischen rausfahren, mit Charlie Bottle Heu für seine Tiere holen und lange Gespräche führen. Dann aber würde er sich Arbeit auf einem der Schoner suchen, die all die verschiedenen Inseln der Karibik anliefen. Er wollte die Großen und Kleinen Antillen, die Bahamas und die Festlandküste Mittelamerikas kennenlernen.

Aber zuerst kam Tante Hannah. »Ja, ich glaube, ich bleibe erst mal ein bißchen an Land.«

Unter seiner Matratze im Logis hatte er die Geschenke versteckt, die er für Tante Hannah aus Rio, Frankreich und England mitgebracht hatte, und in einem Lederbeutel, den er ständig am Gürtel trug, steckten sechsundzwanzig Golddollar. Sechs davon würde er Tante Hannah geben, die restlichen zwanzig würde er auf die Dänische Nationalbank legen, als Grundstock für seinen eigenen Schoner. Dieser Traum war in ihm immer noch so lebendig wie eh und je.

»Warst du schon mal hier?« fragte Timothy und sah den Matrosen an.

»Nein.«

»Ah, dann mußt du unbedingt in die Magen's Bay zum Baden gehen. Das Wasser ist ganz warm, und schattige Kokospalmen gibt es auch. Ich werde selber so bald wie möglich mal hingehen ...«

Wie sehnte er sich danach, wieder einmal den warmen Sand unter den Füßen zu spüren.

Dicker, schwarzer Rauch drang aus dem Schornstein der *Bartolina*, dem ersten Dampfer, auf dem Timothy jemals gefahren war. Obwohl die *Bartolina* sich als schneller und in schwerer See auch stabiler erwiesen hatte als die *Theismann*, hatte Timothy auf dieser Reise oft die Ruhe und Sauberkeit eines Segelschiffs vermißt. Außerdem versetzte die Maschine des Dampfers seinen eisernen Rumpf in ständige Vibrationen, die Timothy ganz und gar nicht gefallen hatten. Nach dieser Dampferfahrt sehnte er sich wieder nach einem Segelschiff.

Eine Stunde vor der Ankunft in St. Thomas wurde das Frühstück ausgegeben, und der Crown Mountain kam mit jeder Umdrehung der Schiffsschraube näher. Der Bootsmann, der hier ein *Bukra* und viel freundlicher war als der Mischling auf der *Theismann*, gab Befehl, das Schiff klar zum Einlaufen in den Hafen zu machen.

Timothys Puls beschleunigte sich. Es kam ihm viel länger als vier Jahre vor, seit er die Insel verlassen hatte.

Als die Inseln Salt Cay und West Cay in Sicht kamen, nahm die *Bartolina* Kurs nach Südosten um die Spitze von St. Thomas herum. Bald würden sie auch an Turtledove Cay und Saba Island vorbeifahren und dann nach Norden abdrehen und in den Hafen eindampfen.

Zwanzig Minuten später sah Timothy das Pulvermagazin und die Batterien an der Spitze von Hassel Island. Auf St. Thomas selbst konnte er schon Fort Christian und King's Wharf erkennen, den Kai, auf dem er schon so viele Stunden den Schiffen zugeschaut hatte.

Als das Schiff Flamingo Point und dann Water Island hinter sich ließ, wuchs Timothys Erregung noch mehr. Das Fahrwasser führte ein paar hundert Meter östlich von Hassel Island vorbei, wo schon die *Glory* wartete, um dem Dampfer an den Liegeplatz der Westindien-Companie zu helfen.

Die *Bartolina* hatte noch keine fünf Minuten festgemacht, da trabte Timothy schon die Sandstraße am Hafen entlang in Richtung Hinterstadt. Auf dem Rücken trug er einen Leinensack, den er sich auf der *Theismann* selbst genäht hatte und der seinen ganzen Besitz enthielt. In der rechten Hand trug Timothy, sorgfältig in Wachstuch eingewickelt, Tante Hannahs Geschenke – ein Kleid und einen roten Sonnenschirm aus Frankreich, einen Hut aus Rio und ein Armband aus England. Er freute sich darauf, ihr Gesicht zu sehen, wenn sie die Geschenke auspackte, und konnte es kaum erwarten, daß sie den Hut aufprobierte.

Tagelang würden sie sich zu erzählen haben, denn Tante Hannah hatte in ihrem ganzen Leben St. Thomas noch nie verlassen – sie war noch nicht einmal auf St. John oder St. Croix gewesen, den beiden Nachbarinseln, die ebenfalls zu Dänemark gehörten. Sie kannte keine Insel außer ihrer eigenen, aber jetzt würde Timothy von den fernen Ländern hinter dem Horizont berichten und ihr erzählen, wie es ihm dort ergangen war.

Je näher er der Hinterstadt kam, desto schneller wurden seine Schritte. Den Hügel hinauf begann er zu laufen. Im Hafen und entlang der Lagerhäuser hatte sich nur sehr wenig verändert. Am Kai hatten einige ihm wohlbekannte Inselschoner gelegen, aber Timothy würde ihre Kapitäne erst später begrüßen.

Als er endlich die Hinterstadt erreichte, erwartete Timothy eigentlich, daß Tante Hannah hinter ihrer Hütte neben einer Wäscheleine voller trocknender *Bukra*-Kleider stand und in ihrem eisernen Waschkessel rührte. Er hatte vorgehabt, sie von hinten zu umschlingen, hoch in die Luft zu heben, sie zu küssen und ihr zu sagen, wie sehr er sie vermißt habe.

Timothy verlangsamte seine Schritte und blieb schließlich stehen. Da stand kein Kessel mehr hinter Tante Hannahs Hütte, da hingen keine Kleider an der Wäscheleine. Eine Frau saß auf der Türschwelle, aber es war nicht Tante Hannah. Timothy hatte diese Frau noch niemals zuvor gesehen. Dann hörte er aus dem Inneren der Hütte ein Baby schreien. Was machte ein Baby in Tante Hannahs Hütte? Seine Verwunderung verwandelte sich auf einmal in Bestürzung, und er starrte die schmalgesichtige Frau an. Dann ging er ein paar Schritte auf sie zu und fragte: »Wo ist Hannah Gumbs?«

»Die gibt's nicht mehr«, sagte die junge Frau mit abwesendem Blick.
»Spar dir deine Scherze«, sagte Timothy erbost. Tante Hannah war immer stark und gesund gewesen.
»Ist über den Jordan gegangen«, sagte die Frau, die wohl so Mitte Zwanzig war.
Timothy konnte kaum atmen. »Wann?«
»Vor zwei Jahren. Und wer bist du?«
»Ihr Sohn.« Ja, das war er, sogar mehr, als wenn sie wirklich seine leibliche Mutter gewesen wäre.
»Vor zwei Jahren«, wiederholte die Frau noch einmal.
»Das glaube ich nicht.«
Die Frau zuckte mit den Schultern. »Sie ist hinüber. Und jetzt wohnen wir hier ...«
In der Hinterstadt gab es keinen persönlichen Besitz. Wenn jemand starb, dann konnte man sich seine Hütte nehmen, außer ein Verwandter zog rasch ein. Und rasch bedeutete innerhalb von Stunden.
Timothy drehte sich um und machte sich langsam auf den Weg zur Hütte von Mama Geeches. Seine Füße waren schwer wie Blei, und er spürte einen stechenden Schmerz in seinem Inneren. Tränen liefen ihm über die Wangen.
Das konnte doch nicht wahr sein. Tante Hannah war niemals krank gewesen.
Aus Mama Geeches' Behausung drang Timothy der starke Duft von Weihrauch entgegen. Drinnen brannten zwanzig bis dreißig Kerzen, obwohl es hellichter Tag war. Timothy ließ seinen Seesack fallen und sah in die Hütte. Mama Geeches lag auf einem alten Krankenhausbett, auf dem sie auch ihre Besucher empfing, die sich vor dem Bett auf einen Hocker setzen mußten.
Mama Geeches war zwar vollständig angezogen, aber sie döste vor sich hin. Timothy, der sich auf das Schlimmste gefaßt machte, sagte laut: »Wach auf, Mama Geeches.«
Ihre Augenlider zuckten, dann blinzelte sie und fragte: »Wer bist du?«

»Timothy. Der Sohn von Tante Hannah. Wo ist sie?«
»Im Jenseits.«
Im Jenseits. Timothy hatte dieses Wort nie gemocht. Aber er mußte wissen, was mit Tante Hannah geschehen war. »Ist sie tot?«
Mama Geeches nickte.
»Wie ist sie gestorben?«
»Ihr Herz hat nicht mehr mitgemacht. Sie ist einfach beim Wäschewaschen zusammengebrochen.«
Timothy nickte, nahm seinen Seesack und verließ langsamen Schrittes die Hinterstadt.
Der gleiche alte Geruch nach Fäkalien und Kochfeuern lag über der Hüttenstadt, die Timothy sogar noch ärmlicher vorkam als vor vier Jahren.
Er ging bis an den äußersten Rand der Siedlung, setzte sich auf den Boden und fing an zu schluchzen.

»Wir haben sie auf der Alborg-Plantage begraben, neben ihrer Mama und ihrem Papa«, sagte Charlie Bottle.
Charlie hatte den Sarg selbst gezimmert und Tante Hannahs Leiche dann auf seinem Eselskarren von der Hinterstadt auf die Plantage gebracht. Weil sie als Kräuterfrau überall beliebt gewesen war, hatten sich fast alle aus der Hinterstadt in ihren besten Kleidern dem Trauerzug angeschlossen, der schließlich eine Viertelmeile lang war.
»Ich hab sie mit dem Kopf nach Westen auf den Karren gelegt.«
Das bedeutete, daß Tante Hannahs Füße nach vorn zum Esel gezeigt hatten. Hätte der Kopf auf dem Weg zum Friedhof nach Osten geschaut, dann hätte das Loupgarau und Soucayant und all die *Jumbis* herbeigelockt, die dann den Trauerzug begleitet hätten.
Timothy nickte. Er stand immer noch unter Schock. Er hatte etwas Furchtbares getan. Warum war er nur so lange weggeblieben? Niemals hatte er auch nur im Traum daran gedacht, daß Tante Hannah inzwischen sterben könnte.

»Du siehst gut aus«, sagte Charlie Bottle. »Bist erwachsen geworden.«
Timothy nickte und sagte Charlie Bottle, daß er bald wieder bei ihm vorbeischauen werde. Dann gab er Charlie die Geschenke, die er für Tante Hannah gekauft hatte, und sagte: »Gib sie deiner Frau.« Er wollte zur Alborg-Plantage und Tante Hannah die letzte Ehre erweisen.
Auf dem Weg pflückte Timothy roten Hibiskus, der immer schon Tante Hannahs Lieblingsblume gewesen war. Er legte die Blüten auf das Grab und saß mehr als eine Stunde still davor.
Dann ging er zurück zu Charlie Bottle und fragte ihn nach Wobert Avril. Er wäre gerne am nächsten Morgen mit Wobert zum Fischen rausgefahren, um wieder einen klaren Kopf zu bekommen.
»Wobert ist auch gestorben«, sagte Charlie.
Die vier Jahre, die Timothy von zu Hause weg gewesen war, hatten einen hohen Tribut gefordert.
Er übernachtete bei Charlie, und am nächsten Morgen ging er hinunter zum Kai und suchte sich Arbeit auf einem Inselschoner, um seinem Traum vom eigenen Boot wieder ein Stück näher zu kommen.

19

Der Operationssaal

Eine Stimme weckte mich und sagte: »Ich habe hier eine Tablette für dich.«

»Wie spät ist es?« fragte ich.

»Fünf Uhr.«

»Wird hier immer so früh operiert?«

»Nur bei ganz speziellen Patienten. Du darfst nur einen Schluck Wasser trinken.«

Ich schluckte die Tablette.

»Mußt du noch mal aufs Klo?«

Ich sagte ja und stand auf. Weil ich noch ganz benommen von der Schlaftablette war, die ich am Abend zuvor bekommen hatte, geriet ich dabei fast ins Stolpern.

Ich bin mir nicht mehr ganz sicher, was in den folgenden Stunden passiert ist, aber ich erinnere mich daran, daß man mich auf ein Bett mit Rädern legte und in einen Aufzug schob. Dann ging es einen langen Flur entlang bis in den Operationssaal. Ich hielt Timothys Messer in der Hand. Irgendwo mußte Dr. Leonard zu mir gestoßen sein, denn ich hörte auf einmal ihre Stimme und hatte das Gefühl, daß sie sich im Gehen über mein Bett beugte.

Als die Geräusche um mich herum zu verschwimmen begannen, nahm ich mir vor, von der Insel zu träumen, während man mir die Löcher in den Kopf bohrte und das längliche Fenster aus meiner Schädeldecke sägte. Kurz bevor ich wegdämmerte, sah ich Timothy vor mir, der mich mit einem breiten Grinsen anblickte.

»Mach dir keine Sorgen, Phillip«, sagte er. »Du bist in guten Händen.«

20

Kapitän

Juli 1916. Mit 596 amerikanischen Dollar in der Tasche kam Timothy aus Panama zurück, wo er drei Jahre lang mit Pickel und Schaufel beim Bau des großen Kanals mitgearbeitet hatte. Gleich nach seiner Ankunft suchte er Charlie Bottle, den er schließlich am Marktplatz zwischen der Kronprindsen's Gade und der Torve Strade unter einem glühend heißen Blechdach fand, wo er gerade mit einem anderen alten Mann eine Partie Dame spielte.

Charlie, der inzwischen keinen einzigen Zahn mehr im Mund hatte und dessen dünn gewordenes Haar so weiß war wie das Innere einer Steckrübe, hatte im vergangenen Jahr seinen achtzigsten Geburtstag gehabt. Nach einer Weile bekam er mit, daß Timothy einen halben Meter neben ihm stand, und sah mit einem leisen Lächeln zu ihm auf. »Na, dann hat dich das Fieber wohl doch nicht gekriegt«, sagte er anstatt einer Begrüßung.

Mehrere hundert Arbeiter von den Jungferninseln waren beim Kanalbau in Panama an Malaria gestorben. Timothy lächelte seinen alten Freund ebenfalls an und schüttelte den Kopf. »Mir haben die Moskitos nichts anhaben können.« Eigentlich hätte er sagen müssen: fast nichts. Denn in Wirklichkeit hatte er so hohes Fieber bekommen, daß er um ein Haar gestorben wäre. Er beugte sich nach unten und umarmte Charlie Bottle, der für ihn schon lange so etwas wie ein Vater war.

Im Schatten der offenen, mit Wellblech gedeckten Markthalle stand ein halbes Dutzend Damebretter, an denen lauter Männer saßen, die in etwa Charlies Alter hatten. Sie trafen sich hier täglich zum Reden, Rauchen und Spielen. Neben ihnen lagen auf hölzer-

nen Tischen Gemüse, Obst und Fische, von denen schwatzende Marktweiber die Fliegen verjagten. Jetzt, im Juli, war es in Charlotte Amalie so schwül und heiß wie in einem Backofen.
Charlie stellte Timothy seinen Dame-Partner vor. »Mister Alonzo Lockhart ...« Der Mann sah so alt aus wie Charlie und hatte eine Glatze, die glänzte wie frisch poliert.
Timothy hatte noch nie etwas von Mr. Lockhart gehört.
»Er ist von Tortola«, erklärte Charlie. »Einer von diesen Engländern, die ständig vor ihren Frauen davonlaufen.« Charlie kicherte und entblößte seine zahnlosen Kiefer.
Es tat gut, Charlie Bottle wiederzusehen. Timothy war sich nicht sicher gewesen, ob er überhaupt noch am Leben war. Die meisten alten Leute, die er noch aus seiner Jugend kannte, waren inzwischen gestorben, und in den drei Jahren, die er in Panama verbracht hatte, waren es bestimmt noch ein paar mehr geworden. Bevor Timothy nach Panama gegangen war, hatte er auf mehreren Inselschonern gearbeitet und meistens an Bord gelebt, weil er damit Geld sparen konnte.
»Wie alt bis du jetzt, mein Junge?« fragte Charlie und blinzelte Timothy mit gerunzelter Stirn an.
»Über Vierzig«, antwortete Timothy und setzte sich auf die niedrige Steinmauer, die die Halle zur Gasse hin abgrenzte. »Ich geh wohl schon auf die Fünfzig zu ...« Aber er war immer noch schlank und durchtrainiert, und die Muskeln an seinen Unterarmen waren hart wie Stahl. Von der Arbeit mit Pickel und Schaufel bekam man solche Muskeln, selbst am Hals und am Nacken.
»Jetzt wird es aber Zeit, daß du mal zur Ruhe kommst«, riet ihm Charlie. »Such dir eine Frau, mit der du Kinder kriegen kannst ...«
Timothy ließ ein tief aus seiner Kehle kommendes Lachen hören. Seeleute waren keine guten Ehemänner, und Timothy hatte vor, ein Seemann zu bleiben.
Alonzo Lockhart sprang mit seinem roten Stein über drei Steine von Charlies schwarzen. Dieser, der vor lauter Reden nicht aufs Spielbrett geachtet hatte, protestierte lautstark.

»Charlie«, sagte Timothy, »wenn ich das, was ich auf der Bank habe und meinen Verdienst aus Panama zusammenwerfe, habe ich endlich genug Geld, um mir mein eigenes Schiff zu kaufen.«
Charlie sah Timothy erstaunt an und ließ einen leisen Pfiff hören. »Dann mußt du ja ein Vermögen haben, Mann, ein echtes Vermögen. Kauf dir lieber ein paar Kühe, hörst du? Bloß kein Schiff.«
Charlie hatte seine zwanzig Kühe verkauft, als das Heumachen vor einigen Jahren zu beschwerlich für ihn geworden war.
Timothy dachte, daß er für 800 Dollar eigentlich einen guten Schoner bekommen müßte. Im Lauf der Jahre hatte er sich 906 Dollar angespart. Die restlichen 106 Dollar würde er für seinen Lebensunterhalt brauchen, bis er das Schiff soweit hergerichtet hatte, daß er damit Fracht und Passagiere befördern konnte. Wenn dann noch etwas übrigblieb, würde er Reis und Bohnen als Bordvorräte kaufen.
»Gib's auf, Charlie. Ich kaufe ein Schiff.«
Charlie schüttelte den Kopf. »Du bist so störrisch wie mein alter Esel, den ich letztes Jahr begraben mußte. Wenn der sich mal was in den Kopf gesetzt hatte ...«
Timothy nickte und grinste über beide Ohren. Vielleicht war er wirklich so stur wie ein Esel. Sonst hätte er wahrscheinlich nicht dreißig Jahre lang gespart, bis er das Geld beieinander hatte. Eine Menge anderer Schwarzer hatten nicht einmal zehn Kronen auf der Bank. »Bald mußt du Käpt'n Timothy zu mir sagen.«
»Sieh zu, daß du dich nicht übernimmst«, sagte Charlie und warf Timothy einen tadelnden Blick zu.
Mit der Zeit klang er immer mehr wie Tante Hannah, Gott hab sie selig. Nun, Timothy würde sich schon nicht übernehmen. Er war jetzt dreißig Jahre zur See gefahren und konnte jedes Schiff segeln, solange es sich noch halbwegs über Wasser halten konnte. »Wenn du mit deinem Spiel fertig bist, lade ich dich auf einen Rum ein, Charlie. Ich muß mit dir reden ...«
Charlie warf einen Blick auf die zwei Steine, die er noch auf dem Spielbrett hatte, und sagte: »Wird nicht mehr lange dauern ...«

Als Mr. Lockhart ihm auch die noch abgenommen hatte, verabschiedete sich Charlie höflich und stand auf.
Dann ging Timothy langsam neben dem alten Mann, der sich schwer auf seinen Stock stützte, die ungepflasterte Torve Strade hinauf.
Timothy brauchte Charlie Bottle, um sein Geschäft unter Dach und Fach zu bringen. Charlie konnte einigermaßen lesen und schreiben; eine Frau von der Lutherischen Kirche hatte es ihm vor langer Zeit beigebracht. Außerdem konnte er gut mit Zahlen umgehen. Sie suchten sich eine Kneipe, und Timothy bestellte Rum.

Am nächsten Tag sagte Timothy zu Charlie Bottle: »Das ist er«, und deutete auf einen Zweimaster mit hölzernem Rumpf, der in Vessup Bay, an der Ostspitze der Insel, vor Anker lag. Ein Schild am Fockmast besagte, daß das Schiff zu verkaufen sei. Der Name des in Grenada gebauten Schoners war *Tessie Crabb.*
Sein weißer Lack war vom Salz an manchen Stellen bräunlich verfärbt, und auch sonst mußten noch einige Schönheitsreparaturen an ihm gemacht werden. Generell aber schien er in einem guten Zustand zu sein. Natürlich konnte Timothy das erst genau sagen, wenn er den Schoner bei Ebbe auf die Seite gelegt und sein Unterwasserschiff nach Schiffsbohrwürmern abgesucht hatte. Das Schiff war 15 Meter lang und 4 Meter 80 breit und gehörte der Frau, nach der es benannt war. Tessie Crabb war die Witwe von Kapitän Elias Crabb, der vor einem Jahr verstorben war. So lange lag nun auch der Schoner schon vor Anker und hatte unter der Wasserlinie eine Menge Moos und Algen angesetzt.
»Wieviel will sie denn dafür haben?« fragte Charlie Bottle.
Die beiden standen am Strand von Vessup.
»Tausend«, antwortete Timothy und starrte mit zusammengekniffenen Augen auf die *Tessie Crabb*, die auf dem ruhigen, von der Sonne glitzernden Wasser der Bucht lag. »Das ist mehr, als ich eigentlich zahlen wollte.«

»Tausend Dollar?« wiederholte Charlie so erstaunt, als gäbe es auf ganz St. Thomas nicht soviel Geld.
»Das kommt daher, daß die Dänische Staatsbank das Schiff für sie verkauft. Bei der Bank stand Käpt'n Crabb mit zweihundert Dollar in der Kreide ...« Charlie Bottle blinzelte und runzelte die Stirn. »Und jetzt willst du, daß ich mit der Bank rede, stimmt's?«
»Ich will, daß du mir zweihundert Dollar leihst und daß du mit mir auf die Bank gehst und mit den Leuten dort sprichst.«
Charlie Bottle musterte Timothy nachdenklich. »Zweihundert? Das ist viel Geld. Wie willst du mir die denn zurückzahlen?«
»Nach und nach«, sagte Timothy. »Vielleicht zehn im Monat, sobald ich Fracht und Passagiere habe.«
Charlie warf wieder einen Blick hinüber zu dem Schoner. »Und was, wenn er verrottete Segel hat?«
»Die Segel sind so gut wie neu. Bestes Segeltuch, kaum gebraucht.«
»Vielleicht hockt ja der Schiffswurm im Rumpf.«
»Ich schau ihn mir morgen von unten an, dann sehe ich ja, ob er verrottete Planken oder Wurmlöcher hat.«
Charlie sah noch immer hinüber zur *Tessie Crabb.* »Auch die Spanten könnten verfault sein.«
»Die Spanten sind aus Weißeiche. Wenn ich den Kahn nicht auf ein Riff fahre, halten die mindestens noch hundert Jahre.«
»Und das stehende Gut?« fragte Charlie in der vagen Hoffnung, doch noch eine Schwachstelle an dem Schiff zu finden.
»Beste Stahlseile.«
Charlie schnaufte hörbar. »Was ist mit der Kalfaterung?« Die Kalfaterung dichtete die Fugen zwischen den Planken ab und verhinderte, daß Wasser ins Schiff drang.
»Zwei Fäden Baumwolle, fünf Fäden Werg, gut in die Ritzen gedrückt und mit Teer ausgegossen.«
»Woher weißt du das alles bloß?« keuchte Charlie.
Timothy lachte lange und laut. »Weil ich nun schon seit über dreißig Jahren zur See fahre. Seit ich vierzehn war. Dein Gedächtnis war auch schon mal besser, Charlie.«

Charlie schüttelte den Kopf. »In Ordnung. Aber du mußt mir einen Schuldschein unterschreiben. Und ich will fünfzehn Prozent Zinsen haben.«
Timothy zuckte mit den Schultern. Er hatte keine Ahnung, was fünfzehn Prozent Zinsen bedeuteten, aber es war ihm ohnehin egal. Er wollte diesen Schoner haben und sich endlich seinen langersehnten Traum erfüllen. Hauptsache, das Unterwasserschiff war in Ordnung.

Am 14. August 1916 lief die frühere *Tessie Crabb*, die jetzt *Hannah Gumbs* hieß, zum ersten Mal seit ihrer Namensänderung aus ihrem Heimathafen St. Thomas aus. Zwischen Rupert Rock und Muhlenfels Point erreichte sie die offene See und nahm mit acht Passagieren und gemischter Fracht Kurs auf die im Südosten gelegene Insel Antigua.
Es war eine typische Reise für einen dieser Inselschoner. Eine Passagierin wollte auf Antigua Saatgut, Dünger, Zwirn, Seife, Baumwollstoffe und lebende Hühner verkaufen, die sie in einem großen Korb mit an Bord nahm. Auf der Rückfahrt, das wußte Timothy bereits beim Auslaufen von St. Thomas, würde er zwei Tonnen Holzkohle und ebensoviel Feuerholz mitnehmen, dazu ein paar Fässer Öl und frische Früchte.
Als Timothy am Steuerrad vor der Heckreling stand, hatte er ein breites Grinsen im Gesicht. Auf seinem Kopf trug er eine Mütze, die Charlie Bottle ihm geschenkt hatte und auf der mit goldenem Faden das Wort »Kapitän« eingestickt war.

21

Aufwachen

Als ich nach und nach wach wurde, hatte ich ein Gefühl, als schwämme ich in einem See aus warmer Watte. Von irgendwoher hörte ich Stimmen, die so klangen, als kämen sie durch einen langen Tunnel. Meine Zunge war geschwollen, mein Mund ausgetrocknet, und ich konnte immer noch den Äther der Narkose riechen. Mein Hinterkopf tat weh, und ich war sehr müde. Aber ich wußte, daß ich noch lebte. Ich war also nicht auf dem Operationstisch gestorben.

»Es geht dir gut, Phillip«, hörte ich die Stimme meiner Mutter sagen. »Du hast's überstanden.« Ihre Hand drückte die meine.

»Der Doktor hat gesagt, die Operation sei gut verlaufen.« Das war die Stimme meines Vaters.

Sie erzählten mir, daß meine ersten Worte nach dem Aufwachen gewesen seien: »Wo ist Timothy?«

Danach ließ ich mich wieder eine Zeitlang in die warme Watte sinken, und die Stimmen meiner Eltern wurden wieder leiser. Ich tauchte wieder in die Bewußtlosigkeit ab wie ein Taucher, der ab und zu an die Wasseroberfläche kommt, um nach Luft zu schnappen, und dann wieder nach unten sinkt.

Als ich irgendwann schließlich ganz bei mir war, fragte ich meine Eltern nach der Uhrzeit.

»Fünf vor halb zehn«, sagte mein Vater.

»Am Vormittag?«

»Nein, es ist Abend«, sagte meine Mutter. »Du bist erst um Viertel nach vier aus dem Operationssaal gekommen.«

»Ich kann noch nichts sehen«, sagte ich mit schwacher Stimme.

»Dr. Pohl hat doch gesagt, daß es ein paar Wochen dauern kann, erinnerst du dich nicht? Die Nerven brauchen Zeit zum Heilen«, sagte mein Vater.
Ich wollte nicken, aber mein Kopf war so festgebunden, daß er seitlich auf dem Leintuch lag. »Was haben die mit meinem Kopf gemacht?«
»Dein Hinterkopf darf jetzt auf gar keinen Fall irgendwelchem Druck ausgesetzt werden«, sagte eine dritte Stimme und stellte sich gleich darauf vor: »Ich bin Eileen, deine ganz persönliche Krankenschwester.«
Ich hatte Durst und bat um etwas Wasser. Jemand steckte mir einen Strohhalm zwischen die Lippen.
Ich hatte mich in meinem ganzen Leben noch nie so schwach gefühlt.
Dann döste ich wieder ein. Ich wollte nicht mehr reden.
Als ich das nächste Mal aufwachte, hörte ich wieder eine fremde Stimme, die mich fragte, ob ich einen Wunsch hätte. Das war Helen, eine weitere Schwester, die Eileen abgelöst hatte und ständig bei mir im Zimmer war. Ich fragte sie, wie spät es war.
»Kurz nach Mitternacht.«
Helen erzählte mir, daß ich zehn Stunden auf dem Operationstisch gewesen sei.
Ich blieb noch etwas wach, bevor ich mich wieder in die warme Watte verkroch. Später erzählte mir Eileen, daß so etwas nach einer Äthernarkose gang und gäbe war.

Ich schlief, bis eine starke Hand die meine drückte und die rauhe Stimme von Dr. Pohl sagte: »Guten Morgen, Phillip. Ich weiß ja nicht, wie hungrig du bist, aber ich muß jetzt hinunter in die Cafeteria und etwas frühstücken. Wie geht es dir?«
Ich brauchte einen Augenblick, bis ich ihm antworten konnte. »Wie wenn ich gegen eine Felswand geknallt wäre.«

»Das kann ich mir vorstellen. Aber deine Temperatur ist normal, ebenso wie dein Blutdruck. Bis jetzt machst du dich recht gut. Ich werde dir jetzt mit einer Lampe in die Augen leuchten. Sag mir, wenn du etwas siehst ...«
Ich wartete.
»Siehst du was?«
»Überhaupt nichts.«
»Das ist ganz normal. Ein Wunder habe ich auch nicht erwartet. Laß dir Zeit ...« Er gab mir einen Klaps aufs Bein und sagte: »Ich komme heute nachmittag wieder. Sieh zu, daß du inzwischen etwas in deinen Magen bekommst.«

Zwei Tage später sagte Dr. Pohl: »Die Operationswunde heilt sehr gut. Keine Spur von einer Infektion.« Er nahm mir den Verband am Hinterkopf ab und ließ mir von der Schwester einen neuen anlegen. »Du machst gute Fortschritte.«
Die nächsten sechs Tage waren die längsten in meinem bisherigen Leben. Ständig hoffte ich, daß ich irgendein Licht sehen würde, mochte es auch noch so schwach sein. Aber die Dunkelheit, die mich seit April umfangen hielt, machte keinerlei Anstalten zu weichen.
Jeden Tag kam Dr. Pohl in mein Zimmer und machte seinen Test mit der Taschenlampe, und jedesmal mußte ich ihm dieselbe Antwort geben. Der Doktor war mir dabei nur ein schwacher Trost. Er war rauhbeinig wie immer und einmal sagte er sogar: »Ich bin nicht hier, um mich bei meinen Patienten lieb Kind zu machen. Ich habe dir ja schon gesagt, daß ich für nichts garantieren kann. Die Natur muß ihre Arbeit tun. Manchmal klappt es, und manchmal nicht.«
Wenn er wieder gegangen war, weinte ich ein paarmal vor lauter Verzweiflung.
Meine Eltern besuchten mich zweimal am Tag und lasen mir etwas vor oder erzählten, was sich draußen so alles ereignet hatte. Sie

versuchten, mich bei Laune zu halten, aber irgendwann einmal ging ihnen der Gesprächsstoff aus. Obwohl Dr. Pohl gesagt hatte, daß es auch zwei Wochen dauern konnte, bis sich erste Ergebnisse zeigten, war ich tief in meinem Inneren davon überzeugt, daß die Operation ein Fehlschlag war. Und ich wußte, daß ich mich nicht noch einmal einer solchen Prozedur unterwerfen würde.

22

Jennifer

August 1928. Timothy war gerade mit einer Ladung aus sechs grunzenden Zuchtsauen und fünf Passagieren von Porto Rico wieder nach St. Thomas gekommen. Als er die *Hannah Gumbs* am Kai entlud, trat die Frau von Josiah Redd auf ihn zu und sagte: »Der Käpt'n ist tot ...« Ihr Mann war ein Kollege von Timothy gewesen und während dessen Abwesenheit gestorben.

Die zerbrechliche, grauhaarige Frau mit ihrem breitkrempigen, weißen Hut stand vor der *Hannah Gumbs* auf dem Kai und sah Timothy ernst und traurig an.

»Das tut mir leid. Josiah war ein guter Mann«, sagte Timothy, der selbst ein Gefühl der Trauer in sich aufsteigen spürte. Josiah und er waren über lange Jahre gute Freunde gewesen und hatten sich öfters gegenseitig Passagiere und Fracht vermittelt.

»In Antigua haben sie ihn einbalsamiert. Die *Hettie Redd* ist auch noch dort«, sagte Redds Witwe. Die *Hettie Redd* war Josiahs Schiff gewesen. »Ich wäre dir dankbar, wenn du sie und Josiah heimbringen könntest.«

Ohne zu zögern sagte Timothy ja.

Antigua, das den Engländern gehörte, befand sich ungefähr dreihundert Meilen südöstlich von St. Thomas bei den Inseln Barbuda und St. Kitts. Timothy war mit der *Hannah Gumbs* schon oft dort unten gewesen. Nun würde er sie ein paar Wochen auf Reede legen müssen und damit notgedrungen Geld verlieren. Aber er war es seinem alten Freund Josiah schuldig, daß er seiner Witwe half. Sie lächelte schwach, nickte und verschwand dann zwischen den Pferdefuhrwerken und den Schubkarren schiebenden Schauerleuten.

Timothy sah ihr nach und fragte sich, warum er sich nie selbst eine Frau genommen hatte. Er war jetzt wohl so Ende Fünfzig und damit zu alt zum Heiraten und Kinderkriegen. In letzter Zeit fragte er sich immer öfter, wer wohl um ihn trauern würde, wenn sein eigenes Lebenslicht einmal verlöschen würde.

Am nächsten Dienstag schiffte er sich an Bord der *Cardiff*, eines Dampfers der Furness Whity Schiffahrtsgesellschaft, für die eineinhalbtägige Reise nach Antigua ein. Seit er mit der *Bartolina* St. Thomas angelaufen hatte, war Timothy auf keinem Dampfschiff mehr gewesen.

In St. John, dem Hafen von Antigua, gab es keinen Kai, und so mußten Schoner wie Dampfer im geschützten Wasser vor Anker gehen und ihre Fracht von geruderten Leichtern an Land bringen lassen. Timothy hatte die *Hettie Redd* schon bald, nachdem die *Cardiff* durch die schmale Einfahrt in den natürlichen Hafen eingelaufen war, entdeckt. Josiah hatte sie immer als ein robustes Schiff bezeichnet, das sich auch bei schlechtem Wetter gut segeln ließ.

Sobald Timothy Paß- und Zollkontrollen hinter sich hatte, ging er direkt zum Beerdigungsinstitut. Obwohl der Mann in der Holzkiste ein alter Freund war, stieg in Timothy ein gewisses Unbehagen auf. Der Transport einer Leiche auf einem Segelschiff galt unter Seeleuten als schlechtes Omen. Wenn die Windgeister herausbekamen, was in der Kiste war, wurden sie furchtbar böse.

Timothy unterzeichnete die notwendigen Papiere und ging dann neben dem Eselskarren her zu den Leichtern, wobei er ängstlich bemüht war, den Sarg mit der Leiche seines Freundes so wenig wie möglich anzusehen. Der Esel bahnte sich seinen Weg durch eine Herde Ziegen, und in der Luft lag der Duft von blühendem Jasmin. Aus den Hügeln hinter dem Hafen, wo in einfachen Meilern Holzkohle gebrannt wurde, stiegen mehrere Rauchsäulen auf.

Nachdem der Sarg abgeladen war, suchte Timothy sich ein Ruderboot, das Josiah hinaus zu seiner geliebten *Hettie Redd* bringen sollte. Er sagte dem Jungen, dem das Boot gehörte, er solle warten und ging noch einmal zurück in die Stadt. Im Büro der Schiffahrtsagentur Mohan Singh an der Ecke Market und St. Mary's Street fragte er, ob es für die *Hetty Redd* Fracht oder Passagiere nach St. Thomas gab.

»Die Fracht ist noch an Bord«, sagte einer der Singh-Söhne, ein gutaussehender junger Inder. »Außerdem habe ich vier Passagiere für dich. Wann segelst du?«

»So bald wie möglich«, antwortete Timothy. Zwar hatte im Juli die Hurrikan-Saison begonnen, aber bisher hatte noch keiner dieser Wirbelstürme die Antillen heimgesucht. Trotzdem machte gerade die Stille dieses Septembertages Timothy nervös. Die Flaggen hingen schlaff an ihren Masten, und kein Lüftchen bewegte die Wedel der Palmen.

»Morgen früh?« fragte Shri Singh.

Timothy nickte.

»Dann sorge ich dafür, daß die Passagiere um acht Uhr an Bord kommen.«

Timothy nickte abermals. »Irgendwelche Wettermeldungen?«

Manchmal schickten Schiffe per Funk Nachrichten über schlechtes Wetter an die Agenten. Shri schüttelte den Kopf und lächelte. »Aber es ist ganz schön heiß, nicht wahr?«

Timothy stimmte zu. Es war sehr heiß.

Als er das Büro verließ, hatte er ein seltsames Gefühl. Das Gesicht des Meeres hat sich über Nacht gewandelt, dachte er. Die Dünung war jetzt so glatt wie Glas.

Er unterschrieb für die Ladung, die bereits an Bord der *Redd* war, und ging dann zu dem Boot, um sich und Josiah in seinem Sarg hinüber zu dem Schoner rudern zu lassen. Im Hafen war eine Menge los, und Timothy sah sich die Schiffe an und bemühte sich, dem Sarg keine Beachtung zu schenken.

Bald ging das Boot an dem weißen Rumpf der *Hettie Redd* längsseits, und Timothy rief nach den beiden Matrosen Alfonso Jarvis und Wilmer Lockett, damit sie an Deck kamen und ihm halfen, Josiah an Bord zu hieven.

»Bist du der Käpt'n, der uns nach Hause bringt?« fragte Alfonso.

Timothy runzelte die Stirn und sah den jungen Schwarzen an. »Warum glaubst du, daß ich sonst hier bin?« Er kannte die beiden Jungen aus Charlotte Amalie. Sie waren in Ordnung. Kapitän Redd hätte sich keine Idioten aufs Schiff genommen.

Kurz vor acht am folgenden Morgen kamen die Passagiere an Bord, und Alfonso und Wilmer trugen ihr Gepäck in die Kabine unter Deck. Es gab sechs Kojen, aber die Luft war abgestanden wie in einem alten Schrank. Außer bei starkem Regen zogen es die meisten Passagiere deshalb vor, auf Strohmatten an Deck zu schlafen, wo es meist eine kühle Brise und einen schönen Blick hinauf zum Sternenhimmel gab.

Die Passagiere waren zwei Schwarze namens John Dews und Dr. O.W. Bird, die Verwandte auf den britischen Jungferninseln besuchen wollten, und ein weißer Kaufmann, der Oliver Renkin hieß und seine zehnjährige Tochter Jennifer dabeihatte. Alle vier waren britische Staatsbürger.

»Wir hätten auch einen Dampfer nehmen können«, sagte Rankin, »aber ich wollte, daß Jennifer einmal eine Reise auf einem Segelschiff macht.«

Jennifer hatte helle Haut, grüne Augen und rote Haare. »Du bleibst am besten im Schatten des Segels«, sagte Timothy zu ihr.

»Und schmier dir etwas Pflanzenöl auf die Haut«, riet ihr Dr. Bird.

»Aber ich habe doch einen Sonnenschirm«, sagte Jennifer.

»Durch den brennt die Sonne durch wie nichts«, sagte Timothy.

»Tu, was die Herren sagen«, sagte Jennifers Vater.

Als Alfonso und Wilmer mit dem Gangspill den Anker lichteten, schwang die *Hettie Redd* herum. Timothy stand am Ruder und beobachtete die Segel. Als Alfonso rief: »Anker oben ...«, bewegte er das Rad um ein paar Speichen, und der Schoner setzte sich langsam in Bewegung. Der Wind war so schwach, daß sich das Schiff kaum steuern ließ.

Während es langsam aus dem Hafen lief, suchte Timothy, der das ungute Gefühl von vorhin noch immer nicht hatte abschütteln können, den Himmel nach Cirruswolken ab, die normalerweise die ersten Anzeichen für einen nahenden Hurrikan waren. War ein solcher Sturm im Anmarsch, lagen sie oft in langgestreckten Bändern am Horizont und verdichteten sich langsam zu dicken Cirrostratus-Wolken, die sich in großen Höhen auftürmen konnten.
Timothy kannte die Cirruswolken als »Katzenschwänze«, schlanke, nebeneinander verlaufende, leicht gebogenen Linien, die aussahen, als habe sie jemand mit einem weißen Stift in den blauen Himmel gezogen. Wenn diese feinen Striche an einem Ende verblasen und verwischt aussahen, dann würde früher oder später der Wind in diese Richtung drehen. Timothy hatte das schon häufig beobachtet.
Er fuhr einen Kurs West zu Nord, der den Schoner an den Inseln Nevis, St. Kitts, Sint Eustatius und Saba entlangführen würde. An Virgin Gorda vorbei würde Timothy dann St. Thomas ansteuern.
Mitten am Nachmittag war der Wind auf einmal so tot wie Kapitän Josiah unten im Laderaum. Der Schoner dümpelte fünfzehn Meilen vor der Küste von Antigua vor sich hin. Es war so windstill, daß nicht einmal die Segel schlugen, und die Dünung war so glatt und glänzend wie die Seide von Jennifers Sonnenschirm. Eine drückende Hitze lastete auf der *Hettie Redd.* Timothy setzte sich neben dem Steuerrad auf eine Obstkiste und betrachtete das Barometer. Der Luftdruck war ungewöhnlich hoch.
Timothy war beunruhigt.
Bei Sonnenuntergang war ein bedrohlicher, feuerroter Streifen über dem westlichen Horizont zu sehen, und durch den dünnen Schleier von Cirruswolken hindurch erkannte Timothy, daß die Sonne einen Hof hatte. Die *Hettie Redd* trieb immer noch hilflos auf dem windstillen Meer.
»Kriegen wir Sturm?« fragte Alfonso, der ältere der beiden Matrosen. Er sprach dabei so leise, daß die Passagiere es nicht hören konnten.
Timothy nickte.

Die *Cardiff* eilte mit stark qualmendem Schornstein an ihnen vorbei. »Die nimmt Reißaus vor dem Sturm«, bemerkte Timothy. Ihr Kapitän wollte offensichtlich nicht, daß sein Schiff im Hafen von einer Bö erfaßt und an Land geschleudert wurde. Vielleicht hatte er aber auch über Funk eine Sturmwarnung bekommen.
»Ist das nicht ein wunderschöner Sonnenuntergang?« fragte Jennifer, die nach achtern gekommen war und neben Timothy stand.
Er drehte sich um, sah sie an und sagte ganz langsam: »Mir wär's lieber, wenn der Himmel klar wäre.«
»Sie fahren wohl schon lange zur See?« fragte das Mädchen.
»Fast mein ganzes Leben. Mehr als vierzig Jahre ...«
»Ich würde auch gerne Matrose werden und auf allen Weltmeeren herumfahren. Aber Mädchen dürfen das leider nicht. Ich frage mich, warum eigentlich. Was meinen Sie, Kapitän Timothy?«
Timothy sah sie prüfend an. Ihre Haut war so glatt wie eine von diesen Porzellantassen, die Timothy nur vom Hörensagen kannte. Und sie war so ernsthaft. Wenn er ein *Bukra* gewesen und Kinder gehabt hätte, dann hätte er sich auch so eine Tochter wie Jennifer Rankin gewünscht. Er lachte leise. »Ist ein verdammt hartes Leben hier draußen. Klar, es gibt Tage, an denen ist die See ganz ruhig und wunderschön. Aber dann gibt es wieder Tage, an denen sie richtig wild ist und die Wogen weiße Schaumkämme haben und so hoch sind wie der Mast da. Und dann ist es hier draußen die Hölle. Für Männer wie für Frauen ...«

Bei Sonnenaufgang sah der Horizont für ein paar Minuten so aus, als ob er in Flammen stünde. Als der Himmel langsam heller wurde, sah Timothy, der in der heißen, windstillen Nacht neben dem Ruder gedöst hatte, daß die Katzenschwanzwolken, die sich jetzt in langen Bändern über den ganzen Himmel zogen, immer dichter wurden und sich bereits aufzutürmen begannen.
Das Barometer fing an zu fallen, und eine leichte Brise aus östlicher

Richtung kräuselte die lange, ölige Dünung, die sich so weit erstreckte, wie das Auge reichte. Timothy schätzte, daß die *Hettie Redd* ungefähr auf eine Position fünfundzwanzig Meilen nordwestlich von Antigua abgetrieben sein mußte. Wenn der Hurrikan ihm noch Zeit dazu ließ, würde er nach Westen segeln und im Windschatten der Insel St. Kitts Schutz suchen, deren über 1200 Meter hoher Berg das gröbste Wüten des Sturms abhalten konnte.

Um neun Uhr, als sich dichte, dunkle Wolken immer bedrohlicher vor dem Schiff zusammenballten, kam Oliver Rankin mit sorgenvollem Gesicht zu Timothy. »Braut sich da ein Sturm zusammen?«

»Ja, Sir, ich denke schon.«

»Segeln wir jetzt zurück nach Antigua?«

»Ich glaube nicht, daß wir dazu noch Zeit haben werden. Der Wind bläst uns nach Westen.«

»Sie sind verantwortlich für unsere Sicherheit und unser Leben, Kapitän«, erinnerte ihn Rankin.

»Ich werde mein Bestes tun, Sir«, entgegnete Timothy. Jetzt erkannte er, daß es möglicherweise ein Fehler gewesen war, von Antigua überhaupt auszulaufen. Auch wenn die *Hettie Redd* dort Gefahr lief, von dem Sturm an Land geschleudert zu werden, so hätten wenigstens die Passagiere rechtzeitig von Bord gehen können. Hier, auf offener See, waren sie in ungleich größerer Gefahr als an Land.

Kurz vor elf fiel das Barometer wieder ein gutes Stück, und ein leichter Regen ging auf den Ozean nieder. Die Sonne verschwand, und die Luft wurde kalt. Dann kam ein Wind auf, der nicht sonderlich stark war, aber die Segel so weit füllte, daß Timothy einen geraden Kurs nach Westen steuern konnte. Blauschwarze Wolken türmten sich immer höher auf. Timothy befahl Alfonso und Wilmer, die Luken dicht und das Deck sturmklar zu machen.

Jetzt, als die *Hettie Redd* wieder Fahrt aufnahm, dachte Timothy kurz daran, ob er nicht doch versuchen sollte, zurück nach Antigua zu gelangen. Aber dabei hätte er gegen den Wind ankreuzen müssen, und dazu fehlte die Zeit. Er konnte jetzt nur noch versuchen, dem Hurrikan davonzusegeln.

Bald fiel das Barometer bis zum Anschlag, und die schwarzen Wolken rasten knapp über dem Schoner dahin. Der Regen wurde zum Wolkenbruch. »Sofort Schwimmwesten anlegen!« befahl Timothy. Alfonso hatte sie schon von unten heraufgeholt und außerdem ein paar Rettungsleinen aufgespannt, an denen sich die Passagiere festhalten konnten.

Timothy ließ die Segel bergen und festmachen. Allein der Winddruck auf den Rumpf schob jetzt die *Hettie Redd* vor dem Sturm her. Bei einer Windgeschwindigkeit von mindestens dreißig oder vierzig Meilen in der Stunde brauchte man keine Segel mehr.

Kurz vor Mittag brach der eigentliche Hurrikan über die *Hettie Redd* herein. Der Wind heulte infernalisch laut, und Wellen hoch wie Berge liefen von hinten auf den Schoner zu und schoben ihn, als wäre er ein kleines Rindenstück, die steilen Hänge aus weiß schäumendem Wasser hinauf. Oben angekommen, taumelte er hinunter in gähnende Täler, wo er seinen Bug so tief in der See vergrub, daß das Wasser hüfthoch über das Deck nach achtern schoß.

Timothy klammerte sich am Ruder fest und versuchte, das Schiff senkrecht zu den Wellenbergen zu halten. Ab und zu warf er einen Blick auf seine durchnäßte Mannschaft und die Passagiere, die sich verzweifelt an die Seile klammerten.

Timothy vermißte Dr. Bird und schrie Alfonso zu, was denn mit ihm los sei.

»Über Bord«, schrie Alfonso zurück.

Rankins Gesicht war kreidebleich. Er hielt das Seil mit der einen Hand und Jennifer mit der anderen.

Fast zwei Stunden lang kämpfte die *Hettie Redd* mit den haushohen, grauen Wellen, die sich erst gewaltig hinter ihr auftürmten, sie dann mit gewaltiger Kraft nach oben beförderten und dann in eine tiefe, gähnende Leere schleuderten. Timothy konnte sich nicht erinnern, daß die See jemals so gewütet hätte. Hilflos mußte er mit ansehen, wie John Dews das Tau losließ und fortgespült wurde, obwohl Wilmer noch versuchte, ihn festzuhalten, als er für ein paar Sekunden an der Reling hing.

Und dann kapitulierte die *Hettie Redd.* Als eine riesige Woge über ihr zusammenschlug, noch bevor sie aus dem Tal der vorhergehenden Welle aufgetaucht war, drehte sie ihren Rumpf auf die Seite. Eine Sekunde später war der Schoner gekentert. Sein Rumpf trieb kieloben zwischen den Brechern, und seine Masten zeigten nach unten auf den Meeresboden.

Timothy, Alfonso, Wilmer und Oliver Rankin verfingen sich in der Takelage. Jennifer war verschwunden.

Nach ein paar Sekunden gelang es Timothy, sich freizustrampeln und an die Wasseroberfläche zu schwimmen, wo er nicht weit von sich entfernt Jennifer in ihrer Schwimmweste sah. Unter Aufbietung aller Kräfte schwamm er zu ihr und schlang seine Arme um sie. Sie war bewußtlos. Er fand ein Stück von einer Rah und hängte sich mit einem Arm daran, während er mit dem anderen Jennifer umklammert hielt. Zusammen trieben sie zwischen den riesigen Wellen.

Schließlich kam sie zu sich, sagte aber nichts. Sie sah ihn nur aus ihren grünen Augen an, als wollte sie ihn fragen: *Warum mußte das geschehen? Warum mußte das ausgerechnet mir passieren?* Ihr rotes Haar klebte klatschnaß an ihrem Gesicht.

»Halt durch!« schrie er ihr ins Ohr. »Halt durch!«

Ein paar Minuten später sah er die Holzkiste mit den sterblichen Überresten von Kapitän Josiah Redd ganz in der Nähe auf den Wellen tanzen. Timothy zog den Kopf ein und sah weg. Nun hatten die Geister des Ozeans doch noch das bekommen, was sie wollten.

Die nächsten zwei Stunden hielten sich Timothy und Jennifer auf den riesigen, weiß schäumenden Wellen über Wasser. Sie glitten in die Täler hinab und stiegen hinauf zu den Kämmen, wo der wütende Sturm salzige, eiskalte Wasserpfeile aus den Schaumkronen riß und ihnen ins Gesicht schleuderte, so daß Timothy eine Weile nichts mehr sehen konnte. Er wußte, daß Jennifer Wasser schluckte, und er konnte spüren, wie ihre Kraft sie langsam verließ. Sie hatte die Augen geschlossen und schien sich aufgegeben zu haben. Immer wieder schrie er ihr zu: »Wir werden das über-

leben! Wir werden das überleben!« Aber von ihr kam keine Antwort mehr.
Irgendwann ließ der Sturm nach und hörte schließlich völlig auf. Auf einmal war es um sie herum ganz ruhig. Die Wolken teilten sich, und die Sonne schien hell auf das immer noch bewegte und schaumbedeckte graue Meer. Sie befanden sich jetzt im Auge des Hurrikans, und Timothy redete immer noch ermunternd auf Jennifer ein, obwohl er längst wußte, daß sie vor Erschöpfung und Angst gestorben war. Er wußte ebenfalls, daß der Sturm in spätestens einer Stunde, aus der anderen Richtung kommend, wieder mit voller Kraft einsetzen würde. Aber er konnte den kleinen Körper einfach nicht loslassen.
Einen Tag später wurde Timothy, der Jennifer immer noch fest im Arm hielt, an die Küste der Insel Nevis gespült. Er war der einzige Überlebende des Schoners *Hettie Redd.* Als er Jennifer den Strand hinaufzog, starrte sie ihn aus ihren toten Augen an. Timothy wußte, daß dieses hübsche Gesicht mit den warmen, grünen Augen ihn nun sein Leben lang verfolgen würden. Er hatte als Kapitän die Entscheidung getroffen, den vergleichsweise sicheren Hafen von St. John zu verlassen, und nun mußte er mit den Vorwürfen leben, die er sich deshalb machte. Schlimme Stunden würden auf ihn zukommen, ob bei Nacht oder bei Tag. Stunden, in denen er sich wünschen würde, daß er zusammen mit Jennifer ertrunken wäre.

23

Bäume

Am neunten Tag nach der Operation, als ich allein in meinem Krankenzimmer war, passierte kurz vor Mittag etwas Merkwürdiges. Ich sah auf einmal ganz deutlich Wolken und Bäume. »Ich kann sehen, ich kann sehen!« rief ich laut und klingelte nach der Schwester, damit sie Dr. Pohl verständigte.

Als sie hereinkam, sagte ich: »Ich kann Bäume und Wolken sehen …«

»Wo?«

»Dort. Genau dort«, sagte ich und deutete auf die Bäume.

»Aber du schaust ja nicht mal aus dem Fenster.«

»Ich sehe sie trotzdem.«

»Der Himmel ist blau, ohne eine einzige Wolke, und außerdem sind wir viel zu hoch oben, als daß man vom Bett aus die Wipfel der Bäume sehen könnte …«

Ich konnte ihr einfach nicht glauben. »Gibt es irgend etwas in dem Zimmer, was so aussieht wie Wolken und Bäume? Vielleicht ein Bild oder so?«

»Hier hängt nichts an den Wänden. Sie sind grün und völlig kahl«, sagte die Schwester.

»Aber ich kann die Bäume trotzdem sehen.«

»Okay, ich werde es in deiner Akte vermerken. Dr. Pohl ist gerade mitten in einer Operation.«

Ein paar Minuten später verschwanden die Wolken und die Bäume, und ich brach in Tränen aus.

Als meine Eltern nach dem Mittagessen kamen, bat ich sie, aus dem Fenster zu schauen und mir zu sagen, ob es dort draußen Wolken

und Bäume gab. »Weiße Wattewolken und grüne Bäume«, sagte ich. »Ich habe sie gesehen.«
Sie ließen sich Zeit mit ihrer Antwort. »Das ist ja toll, Phillip«, sagte mein Vater. Aber der Ton seiner Stimme sagte mir, daß er etwas anderes verspürte: *Beunruhigung.*
»Hast du es schon der Schwester gesagt?« fragte meine Mutter.
»Sie hat mir nicht geglaubt.«
»Es sind hübsche Dinge, die du da gesehen hast«, sagte meine Mutter in einem Ton, als meinte sie auch, daß die Operation mir etwas im Kopf durcheinandergebracht hatte.
Ich wurde ärgerlich. *»Ich habe sie wirklich gesehen!«*
»Siehst du sie dann jetzt noch?« fragte mein Vater.
»Nein!« schrie ich.
Sie blieben bis zum späten Nachmittag, und wir gingen zusammen ein bißchen in den Fluren des Krankenhauses spazieren. Ich war jetzt schon mehr als eine Woche wieder auf den Beinen und konnte allein aufs Klo gehen und mich sogar ohne fremde Hilfe duschen. Es war der letzte Besuch meines Vaters bei mir, er mußte noch am selben Abend zurückfliegen. Er sagte, daß ich bestimmt bald wieder sehen könnte. Seine Stimme klang etwas hohl dabei.
Etwa eine Stunde später hörte ich Dr. Pohls Stimme schon bevor er herein kam. »Was geht hier vor? Miss Evans hat mir gesagt, daß du etwas gesehen hast ...«
Ich erzählte es ihm. »Niemand glaubt mir, aber ich habe heute vormittag wirklich Bäume und Wolken gesehen.«
Zu meiner Überraschung fing Dr. Pohl an zu lachen. »Wie nach Fahrplan«, sagte er. »Habe ich dir denn nicht vom Antons-Syndrom erzählt?«
»Nein.«
»Das sind harmlose Halluzinationen. Weißt du, was eine Halluzination ist?«
»Eigentlich nicht.«
»Es ist die sinnliche Wahrnehmung von etwas, das nur in deinem Gehirn existiert.«

»Dann habe ich etwas gesehen, was überhaupt nicht da war?« Ich hatte das Gefühl, als ob alle meine Hoffnungen wie ein Kartenhaus in sich zusammenstürzten.
»Schau nicht so furchtbar traurig! Das bedeutet, daß die Heilung eingesetzt hat. Solche Halluzinationen haben viele Menschen, deren Okzipitallappen gereizt wurden. In diesem Gehirnteil befindet sich neben dem Sehzentrum auch das Zentrum für das Festhalten von Erinnerungsbildern. Wenn du dort einen Blackout hast, dann spielt dir dein Gehirn Ersatzbilder ein. Du wirst in den nächsten Tagen eine ganze Menge davon sehen. Ich würde dir raten, sie ganz einfach zu genießen. Möglicherweise siehst du deine Familie, deine Freunde oder euer Haus in Curaçao. Und wenn andere Leute dir sagen, daß sie das nicht sehen können, was du siehst, dann sagst du einfach: ›Euer Pech.‹«
Die nächsten drei oder vier Tagen »sah« ich tatsächlich viele Bilder aus meiner Vergangenheit. Das Schottegatt mit Segelbooten drauf; den Sint Cristoffelberg, die höchste Erhebung von Curaçao; die schwankende Pontonbrücke am Hafeneingang; meinen Vater; Stew, die Katze und sogar Henrik van Boven.
Die Halluzinationen kamen zu keiner bestimmten Tageszeit, und ich konnte sie auch nicht absichtlich hervorrufen oder meinem geistigen Auge befehlen, etwas Bestimmtes zu sehen.
Ich glaube, es war am vierzehnten Tag nach der Operation, als ich Timothy sah. Er stand im knietiefen Wasser, und ich war mir sicher, daß er sich an der Südküste unserer Insel befand, obwohl ich die natürlich noch nie wirklich gesehen hatte. Er sagte nichts, sondern lächelte mich nur an.
An diesem Tag wußte ich, daß sich die Dunkelheit in mir irgendwann einmal lichten würde.
Und dann, zwei Tage später, passierte es. Ich erwachte am frühen Morgen, weil das Zimmer in ein oranges Licht getaucht war. Die Schwestern hatten nie die Jalousien heruntergelassen, weil es ja ohnehin nicht nötig war. So konnte das orange Licht ungehindert in mein Zimmer dringen, dessen Wände tatsächlich grün waren. Mit

klopfendem Herzen sah ich mich um. *Ich kann wieder sehen*, sagte ich zu mir selbst. *Ich kann wieder sehen …*

Als eine Art Test schaute ich das Glas Wasser auf dem Tischchen neben meinem Bett an und berührte es. Das war kein Glas, das mir das Antons-Syndrom vorgaukelte. Dieses Glas existierte wirklich, nicht bloß in meiner Einbildung. Es war echt und voller Wasser.

Ich sprang aus dem Bett, ging ans Fenster und blickte hinaus. Über New York City ging gerade die Sonne auf. Ich sah die Wolkenkratzer, die Straßen und tief unter mir die Menschen, die Autos und die Lastwagen.

Ich sprang zur Tür und rannte den Flur entlang. *»Ich kann sehen! Timothy, ich kann sehen! Ich kann sehen.«*

Eine der Nachtschwestern packte mich am Arm und sagte: »Ja, ja, ja … aber bitte, sei jetzt still … « Sie brachte mich zurück in mein Zimmer, wo ich mich ans Fenster setzte und lange Zeit hinausschaute, bis das orange Licht des Sonnenaufgangs langsam immer gelblicher wurde. Seit April erblickte ich zum ersten Mal das Licht des Tages.

Die Schwestern riefen meine Mutter an und verständigten Dr. Pohl, der eine halbe Stunde später in mein Zimmer stürzte. Er trug ein T-Shirt und hatte ganz verstrubbelte Haare. Die Augen des rauhen, manchmal barschen Mannes waren feucht. Ich sah die Tränen in ihnen glänzen wie Morgentau. Er umarmte mich und sagte dabei immer wieder. »Gott sei Dank. Gott sei Dank …«

24

Die *Hato*

März 1942. Timothy stand im Büro der Schiffahrtsagentur Archibald und Sehade am Kai von St. Thomas und mußte sich zusammennehmen, um nicht wütend zu werden. V. I. Archibald, ein fetter, glatzköpfiger *Bukra*, saß schwitzend in Hemdsärmeln hinter seinem Schreibtisch aus Mahagoni und sagte: »Warum gehst du nicht nach Hause und setzt dich im Schaukelstuhl auf die Veranda, Opa? Du bist doch viel zu alt, um noch zur See zu fahren …«

»Ich habe meinen Schoner erst vor zwei Jahren verkauft«, entgegnete Timothy. »Und bis dahin war ich jeden Tag auf See.«

»Kann sein, aber das war einmal. Wieso kommst du jetzt zu mir?«

»Auf dem Plakat steht, daß Sie erfahrene Seeleute suchen. Für den Krieg … «

Es war ein Plakat der amerikanischen Regierung gewesen, auf dem stand: *Matrosen der Handelsmarine, die Alliierten brauchen Euch!* Kleingedruckt stand darunter, daß Interessenten sich bei der Schiffahrtsagentur Archibald und Sehade melden sollten.

»Ich war mehr als fünfzig Jahre Seemann«, sagte Timothy störrisch.

»So siehst du auch aus«, sagte Archibald und kramte in den Papieren auf seinem Tisch. Timothys krauses Haar war im Lauf der Jahre schlohweiß geworden.

»Ich will ja nicht gleich Käpt'n werden …«

Archibald lachte. »Da bin ich aber froh.«

»Ich will nur als Vollmatrose fahren, weiter nichts.«

In der Hand hatte Timothy ein paar in Wachspapier eingeschlagene Dokumente, auf denen ihm die Küstenwache offiziell bestätigte,

daß er Vollmatrose war und als Kapitän Segelschiffe bis zu fünfhundert Bruttoregistertonnen fahren durfte.
Archibald seufzte. »Ein Krieg ist was für junge Leute, Opa. Da stehst du nur im Weg rum.«
»Sir, nennen Sie mich bitte nicht immer Opa. Mein Name ist Timothy. Ich will nur meinen Beitrag leisten im Krieg.«
»Na schön, Timothy«, sagte Archibald und seufzte abermals, »vielleicht kann ich dich ja wirklich auf ein Schiff schicken. Aber ich garantiere dir, daß der Kapitän dich nicht haben will. Er wird dir sagen, daß du nach Hause gehen und dich in deinen Schaukelstuhl setzen sollst.«
Timothy gab keine Antwort, sondern saß kerzengerade in seinem Stuhl, den Strohut auf dem einen Knie, seine Papiere auf dem anderen.
»Dann zeig mal her, was du hast.«
Timothy holte vorsichtig sein Kapitänspatent und seine Vollmatrosenlizenz aus dem Wachspapier und reichte sie dem Agenten.
Archibald runzelte die Stirn. »Wieso steht da bei Geburtsdatum ›unbekannt‹? Weißt du denn nicht, wann du geboren wurdest?«
»Nein, Sir.«
Archibald schüttelte den Kopf. »Und wann schätzt du?«
»Ich bin sechzig, denke ich.«
»Also, ich würde da noch gut zehn Jahre dazuzählen«, sagte Archibald und schrieb etwas auf ein Stück Papier.
Timothy schwieg. Er erinnerte sich daran, wie Wobert Avril ihm geraten hatte, sein Alter mit sechzehn anzugeben, als er vor einem halben Jahrhundert auf der *Gertrude Theismann* angeheuert hatte. Jetzt mußte er sich jünger machen, als er war.
»Timothy Gumbs, ist das dein richtiger Name?«
»Ja, Sir.«
Kurz bevor er sich seinen eigenen Schoner gekauft hatte, hatte Charlie Bottle ihm beigebracht, wie man »Timothy Gumbs« schrieb. Bis dahin hatte er alle Papiere mit einem X unterzeichnet. Für sich selbst aber war er immer nur »Timothy« geblieben, ohne Nachnamen.

»Okay. Ich schicke dich auf ein Schiff namens *Hato.* Es liegt momentan in den West Indian Docks ...«
Timothy kannte die *Hato.* Er hatte sie schon oft gesehen. Sie war ein Trampschiff und klapperte auf der Suche nach Fracht die Häfen von Miami, Havanna, Porto Rico, St.Thomas, Curaçao und Panama ab. Sie war alt und klein, aber das war Timothy gerade recht, zumal sie von außen einen gepflegten Eindruck machte. Das ließ auf einen guten Kapitän schließen.
»Der Kapitän hat uns gestern gesagt, daß er noch einen Vollmatrosen braucht.«
Timothy nickte.
»Wenn er dich nicht nimmt, dann komm bloß nicht noch mal zu mir. Geh nach Hause auf die Veranda. Aber wenn du die Arbeit bekommst, dann brauchst du keine Angst zu haben, daß du torpediert wirst. An ein so kleines Schiff würde kein deutsches U-Boot einen Torpedo verschwenden.« Damit widmete er sich wieder seinen Papieren.
»Vielen Dank auch«, sagte Timothy, stand auf und trat hinaus in den leichten Sprühregen.
Seit er die *Hannah Gumbs* vor zwei Jahren verkauft hatte, war er nicht mehr so richtig glücklich gewesen. Jetzt war er der Meinung, daß er damit einen Fehler begangen hatte. Er vermißte die See. Das Dominospielen mit anderen alten Seeleuten am Marktplatz und die Schwätzchen unten am Kai waren nur ein kläglicher Ersatz fürs Ankerlichten, Segelsetzen und Auslaufen. Er war noch nicht reif für den Schaukelstuhl, und eine Veranda hatte er auch nicht. Timothy wohnte in einer Pension in der Torve Strade. Manchmal fühlte er sich dort ziemlich einsam. Auf See war das nie so gewesen.
Vom Kai aus konnte er die *Hato* sehen. Sie hatte einen schwarzen Rumpf und weiße Aufbauten und lag gegenüber vom Kai im West Indian Dock. Timothy machte sich auf den Weg zu ihr. Als er die lange, kurvige Straße am Wasser entlangging, hoffte er, daß der Kapitän der *Hato* schon ein älterer Herr war, der das Können eines erfahrenen Seemanns zu schätzen wußte.

Eine Stunde später stand er vor dem kleinen Schiff und betrachtete es genau. Die *Hato* nahm gerade Fracht auf und sah selbst in diesem Durcheinander sauber und gepflegt aus. Timothy konnte keinen Rost entdecken, keine Ölflecken, keine geschamfielten Taue oder ausgefransten Flaggen. Für ein Trampschiff sah sie liebevoll gepflegt aus. Timothy nickte zufrieden.

Die *Hato*, deren Heimathafen Curaçao war, gehörte einem holländischen Kapitän. Sie maß 63 Meter in der Länge und 9,5 Meter in der Breite und hatte eine Wasserverdrängung von 498 Bruttoregistertonnen. Sie hatte einen Metallrumpf und einen Dieselmotor. Gebaut war sie 1921 in Hellevoetsluis in Holland.

In einem mußte Timothy Archibald recht geben. Nur ein U-Bootkommandant, der lange Zeit kein Schiff versenkt hatte, würde die *Hato* angreifen. Mit den großen Tankern verglichen, die sonst Curaçao anliefen, war sie ein ganz kleiner Fisch.

Timothy wünschte sich viel Glück und stieg die Gangway hinauf.

Am Morgen darauf, als die *Hato* St. Thomas mit dem Ziel Curaçao verließ, wo sie zusätzliche Fracht und Passagiere an Bord und dann Kurs auf Panama nehmen sollte, half er, die Achterleinen einzuholen.

25

Die *Audaz Adventurero*

Anfang April 1943. Mein Vater hatte in Cristobal in Panama die *Audaz Adventurero* gemietet, eines schlankes, siebeneinhalb Meter langes Segelboot. Nachdem wir sie mit genügend Lebensmitteln und Wasser für zehn Tage versehen hatten, stachen wir mit nordwestlichem Kurs in See.
Die Reise führte zunächst in das Clark Basin, das ruhige Meer vor Panama und Costa Rica. Eine leichte Brise trieb uns mit vier Knoten vorwärts, und das Boot ließ sich gut segeln. Mein Vater sagte, es sei recht wendig, und wenn die Winde so günstig blieben, dann würden wir in etwa vier Tagen das Gebiet erreichen, wo wir nach meiner Insel suchen konnten.
Ich studierte die Karte, die ich vor dem kleinen Cockpit des Bootes aufs Deck gelegt hatte. Unser Kurs führte an der bewohnten Insel San Andres ebenso vorbei wie an den unbewohnten Albuquerque und Bolivar Inseln und anderen kleinen, oft palmenbestandenen Eilanden. Das Segelhandbuch, in dem sie beschrieben waren, lag aufgeschlagen auf meinen Knien.
Mein Vater saß an der Pinne und steuerte. Die Luft war warm, und das blaue Meer glitzerte. Weit im Westen hingen ballige, weiße Wolken über den Bergen von Costa Rica.
Ich schaute auf die Seekarte und sagte: »Ich wünschte, wir hätten Zeit, uns alle diese Inseln anzuschauen.«
»Ich auch«, sagte mein Vater und sah angestrengt aufs Meer. Er machte sich wohl Sorgen wegen der Korallenriffe, die an manchen Stellen dicht unter der Wasseroberfläche lauerten. Auch Kapitän Murry und Timothy hatten diese Sorge gehabt.

Vor einer Weile, als wir einem dieser Riffe nahe gekommen waren, hatte ich vorn am Bug Ausguck gehalten. Das war bei der Insel Cayo del Este, die etwa 24 Meilen nördöstlich der Cayos de Albuquerque auf einer ausgedehnten Korallenbank sitzt und bei ihren fünhundert Metern Länge nur etwas mehr als einen Meter hoch ist. Eineinviertel Meilen westlich davon befindet sich Cayo Bolivar und eineinviertel Meilen nordwestlich Cayo Arena. Auf allen drei Inseln sahen wir Fischerhütten. Im Segelhandbuch war ein Schiffswrack auf dem Sudeste Riff, dreieinviertel Meilen nordwestlich vom Leuchtfeuer auf Cayo Bolivar, verzeichnet. Das hätte ich gerne gesehen. Vielleicht machten wir ja irgendwann noch mal einen Törn hierher.

Es wäre wirklich toll, dachte ich, wenn man ein paar Tage auf jeder Insel bleiben und sie ausgiebig erkunden könnte. Und schwimmen, fischen, im warmen Sand liegen, hinauf zum blauen Himmel schauen und einfach in den Tag hineinträumen. Von geheimnisvollen Schiffswracks und tropischen Inseln vielleicht.

Hier waren wir in Timothys Welt. Je weiter wir nach Nordwesten segelten, desto mehr dachte ich an ihn.

An diesem schönen Tag wünschte ich, ich könnte ein paar der gemeinen Dinge zurücknehmen, die ich auf dem Floß und in den ersten Wochen auf der Insel zu Timothy gesagt hatte. Ich hatte ihn als häßlich und dumm bezeichnet und mich über ihn lustig gemacht, weil er nicht lesen und schreiben konnte.

»Einen weiseren Menschen als ihn werde ich wohl in meinem ganzen Leben nicht mehr treffen«, sagte ich zu mir selbst.

»Von wem sprichst du?« fragte mein Vater und sah mit einem Stirnrunzeln herunter zu mir.

»Von Timothy.«

Er nickte. »Es gibt viele verschiedene Formen von Weisheit.«

Weil ich mich schämte, hatte ich meinen Eltern nie erzählt, wie hochnäsig und selbstsüchtig ich Timothy in der ersten Zeit behandelt hatte. Ich hatte ihnen lediglich erzählt, wie ich das Wort HILFE mit einem Stock in den Sand kratzen mußte, weil er als

Analphabet nicht wußte, wie man es schreibt. Wie hatte ich mich ihm damals überlegen gefühlt!
»Eine Menge Menschen auf dieser Erde können nicht lesen und schreiben, aber deshalb sind sie noch lange nicht dumm«, sagte mein Vater. »Du hast mir doch mal erzählt, daß Timothy nie auf eine Schule gegangen ist, nicht wahr?«
»Das stimmt.«
»Kannst du dir vorstellen, wie peinlich ihm das war?«
Ich konnte es mir jetzt vorstellen. Ein elfjähriger, blinder Junge mußte ihm vormachen, wie man etwas schreibt. Ich erinnerte mich noch gut daran, daß Timothy anfangs so getan hatte, als ob er es könnte.
»Ich kenne Leute mit abgeschlossenem Universitätsstudium, die alles andere als weise sind. Bildung und Weisheit sind zwei paar Stiefel.«
Wenn ich jetzt so daran zurückdenke, dann glaube ich, daß ich zum ersten Mal Respekt vor Timothys Einfallsreichtum hatte, als er aus Schlingpflanzen ein Seil drehte und es von unserer Hütte bis zum Strand spannte, wo unsere Feuerstelle war . An diesem Seil konnte ich mich dann entlangtasten. Diese Idee wäre mir nie gekommen. Im Nachhinein wurde mir klar, daß kaum ein Tag auf der Insel verstrichen war, an dem mir Timothy nicht mit seinem Wissen und seiner Intelligenz beim Überleben geholfen hatte.
Ich brachte die Seekarte zurück in die Kajüte, nahm das Fernglas und ging wieder hinaus.
Vor meiner Erblindung war das Sehen für mich so selbstverständlich wie das Atmen gewesen. Jetzt erst wußte ich, wie wertvoll mein Augenlicht wirklich war. Mein Sehvermögen betrug mit Brille jetzt zwar nur 80 Prozent, doch das, was ich sah, erschien mir viel schärfer und farbiger als vor dem Unfall. Vom frühen Morgen, wenn ich die Augen öffnete, bis zum späten Abend, wenn ich sie wieder schloß, war ich dankbar für alles, was ich sah.
»Schildkröte Steuerbord voraus«, sagte ich zu meinem Vater und stellte das Fernglas auf eine große Karettschildkröte scharf.
Mit schäumendem Kielwasser zog die *Audaz Adventurero* weiter nach Nordwesten.

26

Torpediert

6. April 1942. Gegen zwei Uhr zwanzig, in der dunkelsten Stunde der Nacht, in der zudem noch dichte Wolken die Sterne verhüllten, meldete der Backbordausguck im Turm des deutschen U-Boots »*Ziel fünfzehn Grad voraus.*« Er hatte in der Dunkelheit die Funken des Dieselmotors bemerkt. Sofort drehten sich vier Ferngläser in die angegebene Richtung, wo sich undeutlich die Umrisse eines Schiffes abzeichneten.

»Ist nicht gerade groß«, sagte der Zweite Wachoffizier und befahl, die Fahrt zu verringern. Dann ließ er den Kommandanten des Bootes wecken. Ein paar Minuten später kam ein junger Kapitänleutnant in Unterhosen auf den Turm und war ebenfalls der Meinung, daß das Ziel nicht so groß sei, wie er es gerne gehabt hätte. Bisher war die Fahrt des Bootes ausgesprochen erfolgreich gewesen. Es hatte zehn alliierte Schiffe versenkt, darunter erst vor sieben Stunden einen großen Tanker. Jetzt gingen die Vorräte an Treibstoff und Lebensmitteln langsam zur Neige, und das U-Boot war auf dem Heimweg zu seiner Basis in Lorient im von den Deutschen besetzten Frankreich. Allerdings steckten in den Bugrohren immer noch zwei gut eingefettete Torpedos. Während der Kapitänleutnant die Umrisse des gesichteten Schiffes betrachtete, beschloß er, einen dieser Torpedos für später aufzubehalten und mit dem anderen zu versuchen, dieses überraschend aufgetauchte Ziel zu versenken.

Er ließ das U-Boot in Gefechtsbereitschaft versetzen. Eine schrillende Glocke weckte die schlafende Mannschaft, und halbnackte Männer hasteten durch den schmalen Rumpf des U-Boots auf ihre Gefechtsstationen.

Sobald das Boot aufgetaucht zum Angriff überging, feuerte der Erste Wachoffizier, der *Eins WO*, die Torpedos ab. Drei Minuten nach Beginn des Alarms kam er gähnend auf den Turm und rieb sich die Augen.

»Wir müssen nehmen, was wir kriegen können«, sagte der Kommandant fast entschuldigend, als der Eins WO das kleine Schiff sah. »Verwenden Sie nur einen Torpedo. Ich gehe noch näher ran.« In der Nacht konnte das Unterseeboot nur schlecht gesichtet werden, und außerdem waren viele alliierte Schiffe zu diesem Zeitpunkt noch nicht bewaffnet.

Ganz langsam manövrierte sich das U-Boot in eine bessere Schußposition.

Um zwei Uhr war Timothy auf der Brücke abgelöst und ans Heck der *Hato* geschickt worden, um dort Ausguck zu halten. Davor war er eine Stunde lang am Ruder gestanden und hatte danach noch eine Stunde lang Brückenwache gehabt.

Auf dem Weg nach hinten schaute er in der Kombüse vorbei, um sich eine Tasse heißen Kaffee zu holen. Wegen der U-Bootgefahr hatte der Kapitän nachts an Heck und Bug zusätzlich je einen Mann auf Ausguck postiert.

Timothy machte es nichts aus, die sogenannte Friedhofswache von Mitternacht bis vier Uhr früh zu übernehmen, denn er schlief ohnehin nicht mehr allzuviel. Das war auch eine Folge seines Alters. Er vertrieb sich die Zeit damit, daß er herumging und in klaren Nächten hinauf zu den Sternen blickte oder die fliegenden Fische beobachtete, die aus dem Meer sprangen und neben dem Schiff übers Wasser glitten.

Das kleine Schiff war sorgfältig verdunkelt. Alle an Bord schliefen, bis auf die diensttuende Wache. Timothy hatte die Passagiere nicht gezählt, aber er schätzte, daß seit Curaçao etwa sieben bis acht an Bord waren. Die meisten von ihnen würden die *Hato* in Panama verlassen, nur ein paar würden noch mit nach Miami fahren, dem nächsten Ziel des Schiffes.

Timothy war froh, wieder auf See zu sein, auch wenn das hier kein Segelschiff war. Hier dröhnten die Dieselmotoren, und die Auspuffschwaden, die der Wind vom Schornstein nach unten drückte, stanken fürchterlich. Dafür aber spürte er das Meer unter seinen Füßen, und wenn er ein paar Meter weiter nach vorn ging, konnte er auch dem Auspuffqualm entgehen. Es war gut, wieder Seemann zu sein.

Obwohl es jetzt schon vierzehn Jahre her war, seit die *Hettie Redd* gekentert und in den stürmischen Fluten zwischen Antigua und Nevis versunken war, hatte es in der ganzen Zeit nur selten eine Woche gegeben, in der Timothy nicht an Jennifer Rankin und die anderen Passagiere gedacht hatte, die bei diesem Schiffbruch ertrunken waren.

Er hatte vor einem britischen Seegericht in Antigua erscheinen müssen. Die Richter stellten fest, daß Kapitän Timothy Gumbs keinerlei Warnung vor dem nahenden Hurrikan erhalten habe. Weil die Hafenbehörden keine offizielle Sturmwarnung herausgegeben hatten, sei Kapitän Gumbs auch nicht für den Untergang der *Hettie Redd* verantwortlich zu machen, meinten die Richter. Ein Hurrikan sei nun einmal höhere Gewalt, auf die Kapitän Gumbs keinen Einfluß habe.

Timothy selbst allerdings wußte genau, daß er an diesem Tag nicht hätte auslaufen sollen. Das glasige Aussehen des Meeres, die Hitze, der Geruch der Luft, die sich zusammenziehenden Wolken, das alles hätte ihn davon überzeugen müssen, im Hafen zu bleiben. Das eingegangene Risiko war einfach zu groß gewesen.

Es waren hauptsächlich dunkle Nächte wie diese, in denen er an die schöne Jennifer Rankin dachte und um sie und die anderen trauerte, die damals ums Leben gekommen waren. Und immer, wenn er das tat, bat er sie, ihm zu verzeihen.

Der Eins WO des U-Boots befahl, das vordere Steuerbordrohr klarzumachen und zu fluten. In Minutenschnelle war der Torpedo schußbereit.
»Turmkontrolle«, sagte der Eins WO.
Der Vorhalterechner war eingeschaltet, und der Eins WO nahm die *Hato* kurz hinter den Aufbauten mittschiffs genau ins Fadenkreuz.
»Ziel erfaßt«, meldete er.
Der Kommandant nickte. Soweit lief alles wie geschmiert. In ein paar Sekunden würde der Vorhalterechner auf den kreiselgesteuerten Gradlaufapparat aufgeschaltet werden, und dann geschah alles fast automatisch. Solange das Ziel im Fadenkreuz blieb, würde die Technik den Torpedo ins Ziel steuern.
Der Torpedo wurde auf eine Lauftiefe von vier Metern eingestellt, damit er das Schiff mit dreißig Knoten Geschwindigkeit unterhalb der Wasserlinie traf.
»Klar zum Überwasserschuß. Entfernung fünfhundert Meter ...«
Der Befehl wurde von unten wiederholt. »Rohr eins klar ...«
»Erlaubnis zum Schuß erteilt«, sagte der Kommandant.
»Bereit zum Schuß«, sagte der Eins WO. »Achtung ... noch nicht ... noch nicht ...« Schließlich sagte er: »LOS!«
Der Startknopf wurde gedrückt, der Motor des Torpedos lief an, und zwei Sekunden später glitt der »Aal« aus dem Rohr und machte sich auf den Weg zur *Hato.*
Der Kommandant blickte auf seine Stoppuhr und zählte laut die Sekunden mit. Dann erleuchtete ein orangefarbener Feuerball das nächtliche Meer, gefolgt von einem dumpfen *Wummm.*
»Perfekter Treffer«, sagte der Kommandant.

Timothy wurde von der Explosion, die die *Hato* an der Seite erschütterte, übers Deck ganz ans Heck geschleudert. Noch bevor er sich wieder aufrappeln konnte, explodierten die Ölfässer am Achterdeck und brannten lichterloh. Eine lodernde Feuerwand stand auf einmal zwischen ihm und der Brücke. Er hörte Schreie und lautes Rufen und das häßliche Geräusch, mit dem der stählerne Rumpf der *Hato* langsam auseinanderbrach.

Er zögerte einen Moment und überlegte, wie er um die Flammenbarriere herumkommen und den Leuten mittschiffs zu Hilfe eilen konnte. Er wußte, daß sie versuchen würden, wenigstens eines der Rettungsboote zu Wasser zu lassen. Aber die Flammen wurden immer höher und heißer. Timothy mußte versuchen, sich selbst zu retten. Mehr konnte er nicht tun. Das Rettungsfloß an Steuerbord hatte sich durch die Wucht der Explosion aus seiner Verankerung gelöst und war ins Meer geglitten. Er sah es etwa fünfzehn Meter vom Heck des Schiffes entfernt auf dem vom Feuerschein rötlich erleuchteten Meer treiben. Timothy kletterte über die Reling und sprang ins Wasser.

Er tauchte unter, kam aber gleich wieder an die Oberfläche und schwamm auf das Floß zu.

27

Die Insel

Unser erstes Ziel, die Isla de Providencia (13 Grad, 21 Minuten nördlicher Breite, 81 Grad, 22 Minuten westlicher Länge) stieg langsam zusammen mit ihrer Nachbarinsel Isla Catalina aus dem Meer auf. Letztere sah aus wie eine zehn Meilen lange und drei Meilen breite Süßkartoffel. Dazwischen lagen mehrere kleine Inseln, von denen eine mit Palmen bestanden war. Auf den beiden größeren Inseln gab es niedrige Berge.

In der heißen Mittagssonne ankerten wir in Catalina Harbor, einem natürlichen Hafen, in dem das Wasser so klar war, daß man am Boden die Taschenkrebse über den weißen Sand laufen sah. Bunte Fische schwammen unter unserem Boot vorbei. Neben uns ankerte ein halbes Dutzend mitgenommen aussehender Schoner, die alle offenbar Schildkrötenfischern gehörten. An Bord der Schiffe war niemand zu sehen.

Mein Vater blickte sich um und sagte: »Das ist ja nicht zu fassen. Sieht aus, als wäre hier das Ende der Welt.« Ich konnte ihm nur beipflichten.

Wir waren an einen seltsamen Ort gekommen, von dem nur wenige Leute wußten und der so abgelegen war, daß sein Mutterland Kolumbien sich ebenso wenig um ihn kümmerte wie andere Nationen. Die Insel war nichts weiter als ein kleiner, blauer Fleck auf der Seekarte, auf dem zwei Leuchtfeuer verzeichnet waren.

Am Strand, etliche hundert Meter vom Hafen entfernt, standen ein paar windschiefe Fischerhütten, die offenbar den ganzen Ort Isabel Village ausmachten. Als wir in unserem Schlauchboot an Land paddelten, sahen wir an den Hütten kein Lebenszeichen. Kaum aber waren wir an Land gegangen, da umringten uns gut dreißig grauhaarige Schildkrötenfischer.

Als wir den braunen und schwarzen Männern sagten, daß wir zum Devil's Mouth wollten, lachten sie und schüttelten die Köpfe.

»Wieso denn ausgerechnet dorthin?« fragte einer.

»Da gib's doch nur ganz kleine Inseln. Die sind's nicht wert, daß man hinfährt«, sagte ein anderer.

»Aber genau die wollen wir fotografieren«, sagte mein Vater.

Die Männer lachten wieder. »Fotografieren Sie doch unsere schöne Insel hier.« Er deutete auf die Palmen am Strand und den Basaltberg dahinter.

»Oder machen Sie Fotos von Split Hill, Morgan Head und Alligator Point. Alle hier in der Nähe.«

»Genau.«

Erst als mein Vater sagte, daß wir einen Führer gut bezahlen würden, begannen sich ein paar Fischer für die Sache zu interessieren. Sie warfen Münzen und losten aus, wer mit uns mitfahren sollte.

Zwei Tage später stand ich am Bug der *Audaz Adventurero*, die nordöstlich der Isla de Providencia übers Meer glitt. Das Wetter war immer noch sonnig und warm. Ein paar weiße Wolken standen weit im Westen über dem Festland von Nicaragua, und die leichte Brise war gerade stark genug, um unser Großsegel und die Fock zu füllen. Das Wasser war tiefblau und hob sich dunkel vom Hellblau des Himmels ab. Es war ein herrlicher Tropentag, und man konnte sich kaum vorstellen, daß auf der Welt gerade ein erbarmungsloser Krieg tobte.

Egaltine Evermond, der weißhaarige Schildkrötenfischer, den wir als Führer angeheuert hatten, stand mit der Pinne zwischen den Knien im Cockpit und schaute schweigend unter seinem verbeulten Strohhut hervor. Mein Vater saß neben ihm. Kapitän Evermond wollte uns zur Boca de Diablo, zum Devil's Mouth bringen. Er wußte nicht, weshalb wir dorthin wollten, und es war ihm auch egal. Es genügte ihm, daß er fünfzig Dollar und eine Flasche Rum dafür bekam.

Unter der karibischen Sonne glänzte seine schwarze, faltige Haut wie Schokolade. Er war ein kleiner Mann Mitte Sechzig, der so gut wie keinen Zahn mehr im Mund hatte. Seine Augen aber waren so scharf wie die eines Seeadlers. Er hatte uns erzählt, daß er seit frühester Jugend nach Suppenschildkröten gefischt hatte. Geboren wurde er auf der Großen Kaimaninsel, nordöstlich von hier.

Gegen zehn Uhr hatte ich das Gefühl, daß wir uns der hufeisenförmigen Korallenbank näherten, in der Timothys und meine Insel lag. Ich wußte nicht, weshalb ich dieses Gefühl hatte. Ich spürte es einfach, so wie man es spürt, wenn man ganz in der Nähe von Zuhause ist.

Etwa vierzig Minuten später sagte Kapitän Evermond: »Dort ist die Boca de Diablo«, und deutete nach vorn. Wir kamen von Osten, so wie vor knapp einem Jahr auch das Floß getrieben war.

Ich nahm die Brille ab und hielt das Fernglas an meine Augen. Am Horizont konnte ich die Spitzen von Palmen sehen, aber die Insel selbst entzog sich noch meinen Blicken.

Mein Herz schlug schneller, als ich die Palmen zählte. Wenn es fünfzehn waren, dann war das meine Insel, unsere Insel. Ich wußte, daß es fünfzehn waren, weil ich auf jede einzelne von ihnen hinaufgeklettert war. Fürs erste konnte ich nur sieben Palmen zählen, aber ich wußte, daß hinter der ersten Reihe noch mehr sein mußten.

Mein Vater war aufgestanden und fragte: »Ist sie das?«

»Ich glaube schon«, sagte ich. Mein Herz schlug wie wild.

Obwohl die *Audaz Adventurero* jetzt mit ganz wenig Fahrt förmlich dahinschlich, wurde die Insel langsam größer. Erst erschienen die Palmen, dann der weiße Sand davor, der sich in der Mitte zum sieben Meter hohen »Inselberg« auftürmte, wie Timothy die winzige Erhebung immer genannt hatte.

Ich nahm das Fernglas herunter und rieb mir die Augen. Sie waren ganz feucht, und meine Hände zitterten.

»Das ist sie! Ich bin ganz sicher!« rief ich nach hinten zu den beiden. Als ich wieder durchs Fernglas blickte, sah ich rechts von den Palmen unsere Hütte.
»Da ist die Hütte!« rief ich. Obwohl ich sie nur mit den Händen hatte ertasten können, erkannte ich die Hütte, die ich nach dem Sturm wieder aufgebaut hatte, sofort wieder.
Mein Vater kam nach vorne und sah selbst durchs Fernglas. »Die Insel ist ja viel kleiner, als du sie beschrieben hast.«
Timothy hatte mir gesagt, daß die Insel etwa eine Meile lang und eine halbe Meile breit sei. Jetzt, wo ich sie sah, schätzte ich sie auf weniger als eine halbe Meile lang und höchstens eine Viertelmeile breit. Auf einmal wurde mir klar, daß Timothy mich absichtlich angeschwindelt hatte, damit ich mich auf der Insel sicherer fühlte. Ich fragte mich, was er wohl sonst erfunden hatte, um mir meine Angst zu nehmen.
Jetzt konnte ich die niedrigen Seetraubenbüsche sehen. »Das ist eine schöne Insel hier«, hatte Timothy gesagt. Er hatte recht gehabt. Bald waren wir bis auf hundert Meter an die Insel heran, und das immer seichter werdende Wasser war voller Korallen, die bedrohlich nahe an die Oberfläche kamen. Ich sah nur flüchtig zu ihnen hinunter, weil meine ganze Aufmerksamkeit jetzt der Insel galt.
»Werft Anker!« rief Kapitän Evermond, und ich warf den Patentanker ins Wasser, während der Kapitän das Großsegel herunterließ. Mein Vater holte rasch die Fock ein, und ein paar Minuten später lag das Boot im seichten Wasser ruhig vor Anker.
»Na los, mach schon«, sagte mein Vater. Ich gab ihm das Fernglas, nahm meine Brille in die rechte Hand und sprang ins Wasser.
Es war warm und schmeckte genauso, wie ich es in Erinnerung hatte. Nach ein paar Schwimmzügen berührten meine Füße den Boden. Er bestand aus Korallen, und ich war froh, daß ich meine Tennisschuhe angelassen hatte, denn zwischen den Korallen lebten Seeigel mit scharfen Stacheln, deren Stich ziemlich schmerzhaft war. Ich watete auf den Strand, zog die Schuhe aus und grub meine Zehen in den mir so vertrauten warmen und weichen Sand. Ein

paar Meter entfernt sah ich die Reste meiner Feuerstelle. Nicht einmal in acht Monaten hatte der Wind es geschafft, alle Reste von verkohltem Holz fortzuwehen.
Versunken in Erinnerungen ging ich langsam am östlichen Strand entlang. Von dort stieg ich auf den Hügel, wo die Palmen standen und unsere primitive, aber widerstandsfähige Hütte war. Und Timothys Grab.
Die Korallenstücke und die Muscheln, mit denen ich es geschmückt hatte, steckten noch immer im Sand. Ich blieb eine Weile mit gesenktem Blick stehen und fühlte mich Timothy sehr nahe. Dann schloß ich die Augen und sagte: »Du hattest recht, Timothy. Das ist wirklich eine wunderschöne Insel.«
Durch den Wind, der die Palmwedel über meinem Kopf bewegte, glaubte ich ganz leises Lachen zu hören. Dann hörte ich ganz deutlich, wie eine Stimme von oben sagte: »Und was für eine, Phillip ...«
Ich wußte genau, daß ich nicht träumte.